Männergeschichten 2

Anthologie

Männer sind wie High heels:

Je schöner sie aussehen,

desto mehr Schmerzen fügen sie dir zu.

Trotzdem kann man nie genug davon haben und

am Tollsten sind sie, wenn sie glitzern. ;-)

Für Björn L.

Deine freche positive Art ist ansteckend.

Torsten Ideus

Männergeschichten 2

Anthologie

Noch mehr Geschichten voller Testosteron

Auch wenn diese Anthologie größtenteils in einer realen Kulisse angesiedelt ist, sind die Handlung und die Personen frei erfunden. Ähnlichkeiten mit lebenden Personen und Organisationen wären rein zufällig und nicht beabsichtigt.

Bibliografische Information der Deutschen Nationalbibliothek: Die Deutsche Nationalbibliothek verzeichnet diese Publikation in der Deutschen Nationalbibliografie; detaillierte bibliografische Daten sind im Internet über http://dnb.dnb.de abrufbar.

© 2017 Torsten Ideus

Herstellung und Verlag: BoD – Books on Demand, Norderstedt

ISBN: 978-3-743127-06-7

Inhaltsverzeichnis

Dem Himmel so nah — 7-16

Jenseits des Himmels — 17-21

Der Vizekönig des Himmels — 22-29

Dieser eine Fehler — 30-35

Nummer 1 — 36-41

Die Angelie-Trilogie — 42-64

Der Apfelstand — 65-73

Die Vergewaltigungs-Trilogie — 74-89

Eine bittere Erkenntnis — 90-99

Ferienwohnung mit Schuss — 100-107

Toilettengeflüster 1+2	108-120
Torus	121-130
Ein unvergesslicher Freitag	131-138
Die Schwierigkeit, Aphrodite zu töten	139-146
Die erste Fähigkeit	147-152
Dunkelheit	153-157
Proxima Centauri b	158-167
Ein Spiel mit dem Feuer	168-174
Das mögliche Ende einer jungen Ehe	175-180
Der Chat	181-188
Was ein Vormittag verändern kann	189-197

Dem Himmel so nah

Obwohl ich mit schnellen Schritten durch die Straßen lief, fühlte ich mich noch gar nicht wach. Der Verkehr zog friedlich an mir vorbei, ohne mich weiter zu beachten. Meine Umhängetasche lag schwer auf meiner linken Schulter und ich bereute mal wieder, die dicken Schulbücher eingepackt zu haben. Es kam so selten vor, dass wir diese im Unterricht benötigten, das ich mich im Nachhinein grundsätzlich ärgerte.
Zum Glück regnete es nicht. Der Sommer war schon fast vorbei, trotzdem hatten die Meteorologen Temperaturen von bis zu 30 Grad vorhergesagt. Heute morgen um halb sieben wirkte es noch nicht so, als wenn wir diese Höchstgrenze erreichen könnten.
Als der Bahnhof in Sichtweite kam, überholte mich ein junger Radfahrer mit hohem Tempo von links, sodass mein Herz einen kleinen Aussetzer hatte. Ich hielt kurz an, atmete tief ein und ging zur Fußgängerampel und drückte auf den Schalter. Weil ich eine

ganze Fahrperiode warten musste, blickte ich mit leichtem Zeitdruck häufiger auf meine Armbanduhr.

Als das Männchen die grüne Farbe annahm, lief ich an der Bushaltestelle vorbei, wobei ich einen überfüllt wirkenden Bus vorüberziehen lassen musste. Einige der Kinder schauten mich aus den Fenstern heraus an. Ich ignorierte die Blicke und lief auf den Fahrkartenautomaten zu. Eine kleine Gruppe, die mein Gehirn sofort als Berufsschüler identifizierte, stand vor der Fensterfront der Burgerking-Filiale.

Während ich routiniert auf das Touch-Display einhämmerte, um mein Tickt zu ziehen, drangen Gesprächsfetzen an mein Ohr. „Eigentlich könnten wir jetzt auch gehen", sagte ein langer Lulatsch in roten Sneakers. „Mal gespannt, was die jetzt für ein Fahrzeug schicken", sagte ein junges Mädel mit blonden Dip-dyes.

Ich dachte mir nichts dabei, als ich zwei Scheine in den dafür vorgesehenen Schlitz schob und mir anschließend sowohl den gedruckten Fahrschein als auch das

Wechselgeld herausnahm. Obwohl es allmählich auf die zwanzig vor sieben zuging, wunderte ich mich, dass ich auf dem Bahnsteig keinen Jared sah. Normalerweise war mein Freund und Mitschüler immer vor mir hier und wartete rauchend vorne. Dann fiel mir wieder ein, dass er neuerdings mit einer E-Zigarette qualmte und somit nun auch das ganze Gelände mit seinem leckerer riechenden weißen Rauch einnebeln durfte.

Doch weit und breit sah ich keinen charismatischen Blonden herumstehen. Ich griff mein Smartphone aus meiner schwarzen Jeans und hackte eine Whatsapp-Nachricht ein: „Morgen. Wo bist denn du?" Keine grammatikalische Superleistung, aber es war einfach noch zu früh, um in korrekten Satzstrukturen zu denken. Als keine Antwort kam, fragte ich mich, ob er vielleicht mit dem Bus gefahren war.

Und dann kam eine erklärende Durchsage durch die Lautsprecher am Bahnsteig: „Aufgrund einer Krankmeldung des Lokführers fällt der Zug nach Hannover heute morgen aus. Bis Oldenburg wurde ein Schienenersatzverkehr eingerichtet. Das Unternehmen Driever schickt einen Bus zur üblichen Uhrzeit, um Ihnen die Weiterfahrt zu ermöglichen. Wir bitten um Entschuldigung."

Nun ergaben die Aussagen der Gruppe auch Sinn. Und Jared war bestimmt mit dem Bus gefahren, als er das hörte. Seufzend drehte ich um und kehrte zur Bushaltestelle zurück. Einige andere, die die Meldung gehörten hatten, taten es mir gleich. Beim Warten überflog ich noch ein paar Nachrichten über meine MSN App, doch richtig aufnehmen konnte ich sie noch nicht. Wie sollte der Bus es schaffen, uns bei dem herrschenden Verkehr zur passenden Zeit in Emden abzuliefern? Sollte ich gleich in unsere Whatsapp-Gruppe schreiben, dass ich zu spät kommen würde? Ich entschied mich dagegen, gab die Hoffnung nicht auf. Der jeweilige Fahrer würde schon sein Bestes geben. Um mich herum versammelten sich nach und nach mehr Leute. Einige telefonierten bereits mit ihren Arbeitsstellen, andere schrieben fleißig Nachrichten an die Kollegen und bekamen hämische Voicemails zurück.

Als sich plötzlich ein Teil der Leute in Bewegung setzte, schaute ich auf und entdeckte den Kleinbus, in dem wahrscheinlich um die vierzig Personen Platz hatten. Ich überschlug die Anzahl der Wartenden und kicherte, weil die Menge nicht annähernd dort hineinpassen würde.

Interessanterweise blieb die Gruppe von Berufsschülern stehen und machte keine Anstalten, dem Bus entgegen zu gehen. Das reduzierte natürlich die Menge, allerdings wollte ich mich keiner weiteren stochastischen Prognose hingeben und lief auf die mittlerweile geöffnete Tür zu, um sicherzustellen, dass ich auf jeden Fall mitgenommen werden würde. Der Fahrer, schon weit über fünfzig, nahm die Sache mit Humor und versuchte, uns mit lockeren Sprüchen aufzuheitern.

Ich setzte mich in die vierte Sitzreihe auf der Lenkradseite. Meine schwere Tasche stellte ich direkt nach unten in den Fußraum, weil ich davon ausging, dass jeder Platz belegt sein würde. Ich hätte gerne noch die schwarze Strickjacke ausgezogen, doch dazu blieb keine Zeit mehr, denn ein attraktiver junger Kerl fragte mich höflich, ob er sich zu mir setzen dürfte. Mein Mund überlegte nicht lange und sagte sofort: „Aber gerne doch."

Er musste ungefähr meine Größe haben, denn seine Knie drückten sich, genau wie meine, an das unnachgiebige Kunststoff der Vordersitze. Mich störte das nicht sonderlich, aber er trug nur eine enge overknee Cargo in creme. Seine braun gebrannte Haut mit den blonden Haaren mussten unangenehm an dem harten Material scheuern.

Mir fiel sofort auf, dass seine linke Hand eingegipst war. Ich mutmaßte eine Sportverletzung oder eine Schlägerei im Suff. Diese beiden Varianten kannte ich bereits von meinen Mitschülern. Ein Teenager um die 16 betrat unseren Bus und lästerte sofort über die schlechte Musik, die aus den Lautsprecherboxen drang – es lief NDR 1.

Als sich das Fahrzeug endlich in Gang setzte, atmeten wir alle erleichtert auf. Die Sonne kam allmählich heraus und ich fürchtete bereits, dass meine dunkle Klamottenwahl heute noch weitreichende Konsequenzen haben würde. Zwischen meinem Sitznachbarn und mir gab es zwischendurch verstohlene Blicke. Entweder schaute ich kurz zu ihm, so tuend, als würde ich rechts aus dem Fenster schauen und er tat es umgekehrt.

Als der Fahrer bei der Score-Tankstelle nach rechts Richtung Marienhafe abbog, begann ein neuer Song – Udo Jürgens 'Aber bitte mit Sahne'. Ich erkannte das Lied sofort an dem Geigen-Intro und musste lautstark kichern. Mit Sicherheit konnten mehr als 90 Prozent der Fahrgäste den Refrain mitsingen, aber keiner würde es freiwillig zugeben. Auch der Teenager, wenn er genug Alcopops intus hatte.

Obwohl ich all meine Disziplin zusammennahm, konnte ich weder verhindern, dass ich mit den Füßen mit wippte, noch, dass meine Lippen sich passend zum Text mit bewegten. Der hübsche aschblonde Beau neben mir grinste wissend und zeigte mir sowohl seine blendend weißen Zähne als auch seine

zuckersüßen Grübchen.
Und erst dann passierte es plötzlich. Als sich aufgrund des Platzmangels unsere Ellenbogen berührten und ich lächeln musste, drang sein Parfüm zu mir herüber. Ich war komplett geflasht. Flieder, Zitronengras, Thymian nur schwach wahrnehmbar, ein Hauch Rosenwasser und, meiner Meinung nach, pure Pheromone. Mein Puls ging schneller, meine Sinne waren plötzlich hellwach und mein Verstand gleichzeitig komplett benebelt.
Immer wieder und immer öfter schaute ich zu ihm hin. Zu seinen kleinen perfekt geschwungenen Ohren. Zu den hellblauen Augen. Zur starken römischen Nase. Die gut definierte Halspartie zuckte mit jeden Schlucken. Ab und an hustete er und ich verspürte den Drang, seinen Hals mit kreisenden Bewegungen mit Wik Wapurup einzukremen.
Zwischendurch hatte ich die Musik gar nicht mehr wahrgenommen, sondern dachte krampfhaft darüber nach, was ich sagen könnte, um mit ihm ein Gespräch anzufangen. Doch jede neue Idee verwarf ich wieder. Ich hätte

versehentlich gegen seinen Arm stoßen können, um dann zu fragen, was er damit angestellt hatte. Doch ich konnte ihm keine Schmerzen zufügen. Es wäre eine lohnenswerte Debatte gewesen, ab welchem Alter man overknee Cargos tragen sollte und ob überhaupt. Aber ich wollte ihn auch nicht beleidigen. Und dementsprechend verwarf ich das Frisurenthema, denn sonderlich viel Mühe hatte er sich damit nicht gemacht.

Frustriert und verärgert über meine eigene Unfähigkeit, über meine Schatten zu springen, versuchte ich es erst gar nicht und beschloss, ganz einfach dessen Anwesenheit zu genießen. Ohne Worte.

Und als hätte der Radiosender meine Gedanken gelesen, begann beim Passieren des Loppersumer Ortsschildes ein mir nur zu gut bekanntes Liedchen aus dem Film „La boum – die Fete": 'Dreams are my reality' Und in dem Moment war für mich klar: näher kannst du dem Himmel nicht kommen. Genieße die Zeit. Und das habe ich gemacht. Bis der Busfahrer uns vor der Berufsschule absetzte und wir tatsächlich alle pünktlich zum

Unterricht erschienen. Obwohl ich mich in allen Pausenzeiten umsah, ist mir der Typ nicht mehr begegnet.

Jenseits des Himmels

Gabriel de la Junta war es Leid, arm zu sein. Dieses entbehrungsreiche Leben, ohne Kühlschrank, ohne Fernseher, dafür mit einem Haufen Schulden auf dem Rücken der Familie – das musste ein Ende haben.
Er hasste die Slums, in denen er aufgewachsen war, von Ungeziefern verseucht, von Macht und Angst zerfressen. Hier lebte man nicht, man vegetierte dahin, wich nach Möglichkeit jeglicher Gewalt aus, die auf den mit Müll und Dreck beladenen Straßen an der Tagesordnung hing.
Von seinem Schlafzimmer aus, dass er sich mit seinen vier Geschwistern teilte, konnte er auf die Mango-Plantagen blicken, dessen Früchte für die reichen Menschen in andere Länder exportiert wurden. Gabriel strich sich eine lange rabenschwarze Haarsträhne hinters Ohr und verfluchte sein immerwährendes Hungergefühl.
Seine Zeit war gekommen, das Blatt zu wenden und sein Schicksal selbst in die Hand zu

nehmen. Mit diversen Diebstählen hatte er sich eine kleine Summe zusammen gespart. Mithilfe eines Nachbarn, den er von klein auf kannte, besorgte er sich eine solide Pistole und einen kleinen Vorrat Munition.
Er kannte die Aufstiegschancen und das mögliche Geld, dass er verdienen konnte, wenn er in die Barrio 18 aufgenommen wurde. Der ewige Bandenkrieg förderte die Kriminalität in El Salvador ungemein und bewegte die Bevölkerung dazu, die Skrupel und Gesetze zu umgehen, wo sie nur konnten. Doch, um Mitglied zu werden, gab es ein einfaches Ritual, das unumgänglich war: ein Menschenleben auslöschen. Jemand anderen zu töten war der einzige Ausweg, den Gabriel für sich sah. Im Geiste war er seinen Plan schon unzählige Male durchgegangen. Sein bester Freund Garcia Tierrez besaß ein Smartphone. Damit sollte er ihn bei der Aktion filmen und das Video an das entsprechende Bandenmitglied weiterleiten. Ein Opfer hatte sich Gabriel bereits ausgesucht.
Schräg gegenüber wohnte ein alter Mann, der

auf die siebzig zuging. Tagsüber saß er vor seinem Haus und bettelte die vorübergehenden Passanten an. Obwohl es den Leuten im Umfeld keinesfalls besser ging, als dem alten Mann, fanden sie ihn nett und freundlich und es fand sich immer jemand, der doch ein paar Münzen in den abgewetzten beigefarbenen Sombrero schmiss.

Gabriel, der selbst vom Kummer zerfressen war, wollte diesen Greis von seinem Elend befreien, wollte mit dieser grausamen ersten Tat doch noch etwas Gutes tun. Seine innere Stimme riet ihm dazu, einen kleinen Rest Menschlichkeit zu bewahren, denn er wagte nicht einmal daran zu denken, was sonst aus ihm werden würde.

Allein in diesem heißen Loch von Schlafzimmer, griff er unter sein Kopfkissen und hielt das schwere kalte Kaliber in der Hand. Die Kugeln hatte er heimlich in der Nacht in die Vorrichtung geschoben. Wahrscheinlich wartete sein Kumpel bereits auf ihn.

Sein hellblaues Muskelshirt war schon mit Schweißflecken übersät, doch das störte ihn nicht. Er atmete noch einmal tief ein, steckte die klobige Waffe hinten in seine Hose und ging hinunter zur Tür. Draußen wartete Garcia tatsächlich schon. Ein kurzes Händeschütteln, dann wanden sich die beiden zur anderen Straßenseite.

Auf dem Weg fragte sein Kumpel leise: „Bist du bereit?" Nach einem Zögern nickte Gabriel nur. Wie jeden Tag saß der alte Mann vor seiner Baracke und sein Dackelblick mit den abgenutzten Zähnen wimmerte jeden an, der vorbeilief. Der kränkelnde Greis erkannte die beiden Freunde, erinnerte sich daran, wie sie als kleine Jungen in seinem Garten herum-tollten. Süße kleine Engel, denen es später besser gehen sollte, als ihm selbst. Er grüßte sie fröhlich, doch sie grüßten nicht zurück.

Stattdessen gingen sie mit eiskalter Miene auf ihn zu, Schritt für Schritt kamen sie näher und es wirkte nicht, als ob sie zum Plaudern hinüber gekommen wären. Dem verwitterten Bettler lief ein Schauer über den Rücken. Sollte nun sein letztes Stündchen geschlagen haben? Sein Leben hätte besser sein können, doch fühlte er sich noch nicht dazu bereit, ins Jenseits hinüber zutreten.

In den Augen dieser Burschen lag nichts Tugendhaftes mehr. Ganz intuitiv hob er beschwichtigend die Arme: „Kann ich etwas für euch tun?" Statt einer Antwort sah er nur, wie Garcia ein neumodisches Handy zückte, darauf herumdrückte und wischte. Ehrfürchtig ging dieser dann ein paar Schritte zur Seite. Das Herz des alten Mannes schlug schneller, denn er verstand nicht, was hier passierte.

Erst als Gabriel die Waffe zückte, wurde die zuvor aufgestellte Vermutung zur bitteren Gewissheit. Mit Blick zur Kamera sagte dieser mit fester Stimme: „Hallo, Barrio 18, dies ist mein erstes Opfer. Heißt mich in eurer Bande willkommen." Ohne zu zögern, zielte er genau, drückte ab und mit einem lauten Knall fiel der alte Mann zur Seite. Das letzte, was sein schwindendes Augenlicht wahrnahm, war die Ghettofaust der beiden Zwölfjährigen, als sie das Video erfolgreich verschickt hatten.

Der Vizekönig des Himmels

Mit schnellen Schritten huschte der Erzengel Michael über den Wolkenflur und stoppte erst vor den schweren Türen des Herrn. Sein Herz raste und in diesen Höhen fiel es ihm schwer zu atmen. Er hob die rechte Hand zum Klopfen, doch er ließ sie wieder sinken.
Mit der linken Hand strich er sich eine lange blonde Strähne hinters Ohr. Wie sollte er das bloß erklären? Er musste seine Worte sehr genau wählen, um nicht in Ungnade zu fallen. Viele tausende Jahre konnte er sich die rechte Hand Gottes nennen. Dieser eine Zwischenfall konnte nun alles ins Wanken bringen. Das durfte auf keinen Fall geschehen.
Er atmete tief in seinen muskulösen Brustkorb hinein, strich behutsam über sein mächtiges Schwert, schloss die blauen Augen und wagte es, an die heilige Tür zu klopfen.
„Herein", schallte es von innen heraus. Michael spannte seine weißen Flügel an und drehte den Knauf herum.

„Ach, Michael, du bist es. Was kann ich für dich tun?" Gott blickte nur kurzweilig von der riesigen Monitorwand zur Tür, nur um sich gleich wieder zurückzudrehen. Auf Millionen kleiner Displays zeichneten sich viele alltägliche Szenen der Welt ab.

Vom glücklichen Kinderlachen bis zu brutalen Kriegsszenarien spiegelte sich hier die ganzheitliche Situation der Erde ab. Michael war jedes Mal fasziniert und abgestoßen zugleich von dieser Vielzahl an Bildern.

„Herr, ich bringe keine guten Neuigkeiten. Vielleicht wisst Ihr es bereits."

Erst mit dem Betreten des Raumes fiel dem Erzengel wieder ein, dass sein Meister stets bemüht war, alles zu wissen, was mit seiner geliebten Welt zu tun hatte. Gott strich über seinen frisch zurecht gestutzten Bart. Er wollte sich nicht nachsagen lassen, er ginge nicht mit der Zeit. „Vielleicht weiß ich es tatsächlich. Aber ich möchte, dass du es mir trotzdem erzählst."

Michael musste grinsen. Der heilige Vater mochte ein gerechter Gott sein, doch gütig war er nur, wenn er es sein musste. Und diese Gelegenheiten schienen selten zu sein. Der Engel der dritten Hierarchie strich seine königsblaue Uniform zurecht und suchte nach den passenden Worten: „Eine irdische Quelle hat mir zugetragen, dass jemand die Reptilienagenda online gestellt hat. Unser System hat scheinbar ein Leck."

Der helle freundliche Raum wurde plötzlich dunkler und der stattliche Mann in der Führungsposition, der gerade noch gut einen Meter von Michael entfernt gestanden hatte, befand sich plötzlich nur noch eine Nasenspitze vor ihm: „Was?! Wie konnte das passieren?" Der gestählte Heerführer sog scharf die Luft ein und vergaß das Atmen gänzlich, schluckte schnell und suchte nach einer passenden Antwort.

„Wahrscheinlich hat jemand von uns den 'Eid Aqae' etwas zu wörtlich genommen, aber das ergibt überhaupt keinen Sinn. Jeder, der die Agenda mit unterschrieben hat, weiß genau, dass bei Vertragsbruch ein Tod gefordert wird." Mit der linken Hand zeichnete Gott einen Halbkreis und sofort blieben die Szenen auf den Monitoren stehen. Für einen

Bruchteil einer Sekunde hatte Gott die Erde angehalten.

„Hätte ich doch nur nie diesen freien Willen eingeführt. Der hat seit jeher nur Ärger gemacht." Der heilige Vater hielt kurz inne und ging einen Schritt zurück, um in die Augen seines Untergebenen zu sehen: „Moment mal. Von wem hast du diese Information überhaupt?" Michael hatte diese Frage befürchtet. Ihm war klar, dass seine sogenannte Quelle keine wirklich Seriöse war, jedenfalls nicht in Gottes Augen.

„Ich... ähm...", versuchte der Vizekönig des Himmels sich um die Antwort zu drücken. Doch sein Vorgesetzter las in seiner Haltung wie in einem offenen Buch. „Natürlich, wer hätte es auch sonst sein sollen. Luzifer. Bereust du immer noch, ihn in die Hölle geworfen zu haben? Kommunizierst du deswegen immer noch mit ihm?"

Michael seufzte. Diese Art von Diskussion führte er bereits seit Ewigkeiten mit Gott: „Du weißt genau, das seine Strafe ungerecht gewesen ist. Sieh dir die Bilder auf deiner Wand an. Deine ach so tollen Menschen ruinieren deine grandiose Welt nur. Alles Gute vernichten sie – und wofür? Um Profit zu schlagen – um die Reichen reicher zu machen und die Armen zu knechten." Der militärische Kämpfer kam in Michael wieder durch: „Das ist nicht das, was du Moses an die Hand gegeben hast. Wofür dein Sohn am Kreuz gestorben ist. Deine nackten Affen haben längst den Eid gebrochen."

Gott zeichnete mit der rechten Hand einen Bogen und die Erde drehte sich weiter. „Deine Worte kann ich nicht ignorieren. Meine Idee der grundsatztreuen Liebe hat tatsächlich nur eine Handvoll Menschen verstanden. Trotzdem kann ich es nicht gutheißen, dass du weiterhin mit diesem gefallenen Engel redest."

Gott starrte wieder auf die große Wand und Michael gesellte sich nun auf dessen Höhe: „Warum quälst du dich selbst so, Herr? Luzifer liebt dich mehr als wir alle zusammen. Er arbeitet nur gegen dich, weil er nicht verstehen kann, warum du ihn verbannt hast."

Der heilige Vater lachte heiser. Sein

wettergegerbtes Gesicht verzog sich schmerzlich. Nur leise Worte drangen aus seinem Mund: „Ich weiß. Er besaß das größte Potential von euch allen. Doch genau darin bestand die Gefahr. Euch alle habe ich nach meinem Ebenbild erschaffen. Doch Luzifer war mir ähnlicher als alle anderen." Gott hielt kurz inne, änderte die Monitore, als suche er etwas:

„Du hast Moses mit den zehn Geboten erwähnt. Darin wird deutlich, dass ich keine Konkurrenz dulde. Vor allem nicht in meinen Reihen. Seine Liebe zu mir war Stärke und Schwäche zugleich. Ich bevorzuge ihn in der Unterwelt, in der er vergeblich versucht, so zu sein wie ich."

Michael bekam eine Gänsehaut bei diesen harten Worten. Es fühlte sich an, als wäre die Raumtemperatur innerhalb von Sekunden um ein paar Grad gesunken. Es fröstelte ihm und er beschloss, das Thema zum Ursprung des Gesprächs zurückzuführen:

„Wegen der Reptilienagenda. Was machen wir da jetzt?" Gott schnaubte verächtlich: „Als wenn das wirklich ein Problem wäre. Schicke einen schlimmen Virus auf den Server und vernichte die Homepage. Anschließend findest du heraus, wem die Website gehört und verpasst ihm eine schnelle tödlich endende Krankheit. Krebs geht immer."

Michael versuchte, seine Gefühle im Zaun zu halten. Er war der Bote Gottes; dessen Anweisungen infrage zu stellen, lag nicht in seinem Befugnisbereich. Keinesfalls wollte er so enden wie sein Bruder Luzifer. „Ja wohl, Herr. Ich werde alles Nötige in die Wege leiten. Soll ich noch ein Memorandum an die Zentrale senden?"

Kurzweilig drehte sich Gott noch einmal um, nickte kurz und wendete sich dann wieder intensiv seiner Wand zu. Resigniert verließ Michael das Büro. Er selbst war nicht zu Schaden gekommen. Aber er war es Leid, sich mit dieser Welt namens Erde zu beschäftigen. Das führte doch zu nichts.

Wann würde sein Vorgesetzter endlich erkennen, dass es interessantere Welten gab. Vielleicht konnte er unterschwellig in seinem Bericht zum Orion einbauen, dass es gut wäre, sich versetzen zu lassen. Als

Wächter der Welten gab es viele Einsatzmöglichkeiten.

Früher konnte er in richtigen Kriegen sein Können beweisen. Auf der Erde fand der Terror fast nur noch in den Medien statt. Kämpfen mit dem Schwert war nicht mehr nötig. Es zählte allein, wer die meisten Likes bei Youtube hatte.

Dieser eine Fehler

Bane Lawson wusste, dass es falsch war. Sein Verhalten war nicht nur grausam, sondern auch hinterhältig und durchaus kriminell. Es war wichtig, sich nicht zu lange an einem Ort aufzuhalten. Falls er bereits gesucht wurde, wollte er der Polizei nicht die Zeit geben, ihn ausfindig zu machen.

Durch einen Hackerfreund aus der Schulzeit hatte er eine Website im Internet, die man unter normalen Umständen unmöglich finden konnte. Zusätzlich brauchte man drei Passwörter, um auf die Seite zu gelangen.

Wer dies schaffte, war sich sicher genug, um Banes Dienstleistung in Anspruch zu nehmen. Zu seinem Kundenstamm gehörten sowohl Frauen als auch Männer. Die Gründe für die Kontaktaufnahme waren fast immer die gleiche: sich am betrügenden Partner zu rächen.

Ein Schicksalsschlag hatte Bane auf die Idee gebracht, mit seinem Handicap Geld zu verdienen. Viel Geld. Er nahm keinen festen Betrag pro Auftrag, stattdessen verhandelte er mit jedem Kunden individuell. Es war spannend zu sehen, was die Menschen bereit waren auszugeben, um einen anderen auf eine der schlimmsten Arten zu verletzen.

Es gab Monate, in denen nicht viel passierte. Eine betrogene Ehefrau hier, ein beraubter Investmentbanker da. Aber gerade im Frühling, wenn die Hormone in Wallung gerieten, hatte Bane gut zu tun.

Er hielt sich fit, rauchte nicht und trank keinen Alkohol; stählte seinen Körper mit einem selbst zusammengestellten Fitnessprogramm. Aber nicht nur sein Aussehen war für den Job wichtig, sonder auch sein Charisma und sein Charme. Bei der Auswahl seiner Gene war die Natur sehr gnädig gewesen. Sein rabenschwarzes Haar fiel ihm voluminös und leicht gewellt auf die Schultern, die espressofarbenen Augen lagen tief und wirkten mysteriös.

Viele hielten ihn für einen Südländer, obwohl er ursprünglich aus Norddeutschland kam. Mittlerweile war er in der ganzen Welt zuhause. Seine Heimat hatte er zuletzt vor drei Jahren gesehen, bei der Beerdigung seiner Mutter. Seitdem war er komplett auf sich allein gestellt. Aber das war okay. So musste er sich moralisch und ethisch wenigstens nicht rechtfertigen.

Seine Skrupel hatte er vor fünf Jahren verloren, als die Diagnose ihn komplett umgehauen hatte. Zuerst konnte er damit nicht umgehen, fiel in ein tiefes Loch und erst, als er sich in Behandlung begab, sagte ein Therapeut diesen einen Satz, der sein Leben entscheidend veränderte: „Mach was draus."

So einfach und so profund, dass sich daraus eine Geschäftsidee entwickelte. Seine Konten lagen in der Schweiz, in Monaco und in Moskau. Sein Smartphone hatte er speziell verschlüsseln lassen. Er kannte einige Mitarbeiter von CIA und MI5, selbst diese hatten seine Dienste schon in Anspruch genommen. Von dort drohte keine Gefahr.

Bane war ein hingenommenes Übel, vor dem alle mehr Angst hatten als vor einer möglichen Verhaftung. Schließlich konnte niemand ausschließen, dass er seine Fähigkeiten in deren Bekanntenkreis nützen würde.

Der Untertitel seiner Homepage lautete: „Es gibt Schlimmeres als den Tod." In der Tat empfand Bane seine Berufung als legitim, weil der Bedarf vorhanden war. Obwohl er sich anfangs wunderte, dass es so viel Hass auf der Welt geben konnte, riss seine Auftragslage einfach nicht ab. Und er musste seine Zeit nutzen. So lange er noch jung und unwiderstehlich war, lagen ihm alle zu Füßen.

Erst viel später, wenn Bane die Erdkugel bereits umflogen hatte, wurde den Opfern bewusst, worauf sie sich eingelassen hatten. Doch dann war es bereits zu spät und die Folgen unabsehbar.

Bane nutzte seine Gabe, um sich für die zu rächen, die es selbst nicht vermochten. Und es war so einfach. Seine Kunden gaben gerne ein paar hilfreiche Informationen preis. Das Lieblingsrestaurant, wie der Kaffee am liebsten getrunken und welche Musik bevorzugt wurde. Dann musste er nur noch die passende Gelegenheit finden.

Gerne nutzte er die Unverfänglichkeit von

öffentlichen Plätzen. Eine höfliche Frage nach dem Weg genügte häufig schon, um den ersten Kontakt zu knüpfen. Ein sparsam dosiertes Zahnpastalächeln in Kombination mit seiner sonoren wohl temperierten Stimme öffneten ihm schnell die Tür.

War er erst einmal drin, war der Rest nur noch eine Frage der Zeit. Denn, wer einmal dazu bereit war zu betrügen, wird es wieder tun. Die anfängliche Überwindung, jemanden zu hintergehen fällt weg. Was gut war, sonst wäre Banes Job viel schwieriger.

Er spielte mit seinen Opfern. Machte bewusst platzierte Komplimente, gab vor das zu sein, was sein Gegenüber so sehnsüchtig haben wollte. Wenn es der Situation half, wurde er zum Kinderarzt, zum Cocktail schwenkenden Barkeeper, zum alles und jeden rettenden Feuerwehrmann. Menschen waren leicht zu blenden und waren sie erst einmal beeindruckt, glaubten sie einfach alles.

Er trug grundsätzlich furchtbar teure Parfums, die exotisches Aroma und Flair vermittelten. Auf seiner Kleidung fanden sich Markennamen und nur edelster Zwirn setzten seine Figur in das richtige Licht. Er strahlte eine Autorität aus, die einige mit Arroganz verwechselten, aber im nächsten Moment wirkte er so freundlich, dass man ihm jeden Fehler verzeihen musste.

Bis auf diesen einen Fehler, der das Leben seiner Auserwählten für immer verändern soll. Nur zu gerne luden sie ihn ins Bett ein, ließen sich von seinen Stehqualitäten und erotischer Raffinesse überzeugen. Nur zu gerne wurden die eigentlich wichtigen Schutzmaß-nahmen ignoriert. Kondome? Störten doch nur, dann fühlte es sich nicht echt an. Viele standen darauf, Körperflüssigkeiten auszutauschen, schrien beim Orgasmus förmlich danach.

Danach schickte Bane eine Bestätigungs-nachricht heraus. Auftrag erledigt.

HIV angekommen.

Nummer 1

Heute ist es endlich soweit. Der Zeitpunkt könnte gar nicht besser sein. Ein sonniger Tag stellt sicher, dass er durch den Tunnel läuft. Allein, auf dem Weg von der Schule nach Hause. Meine Werkzeugtasche steht abwartend neben mir. Ich balle die Hände zu Fäusten, denn ich kann es kaum noch erwarten.

Ein Blick auf die Uhr gibt mir das Signal, mich bereit zu machen. Nur noch fünf Minuten, bis er den Eingang erreicht. Das schwarze Klappmesser aus schwarzem Edelstahl liegt noch friedlich in der Tasche meiner Arbeitshose.

Die Vorfreude auf das, was gleich geschieht, lässt mein Herz schneller schlagen. Ein Adrenalinrausch zieht sich durch meine Adern, als ich ein fröhliches Pfeifen vernehme. Gleich ist es endlich soweit. Darauf musste ich lange warten. Um meine Arbeitsweise zu perfektionieren, habe ich an Prostituierten und Drogenabhängigen geübt.

Es ist so einfach, diese nach Hause zu locken, wenn man ihnen nur das Richtige verspricht.

Aber die praktische Umsetzung meiner Vorstellung an Erwachsenen auszuprobieren, macht nicht sonderlich viel Spaß. Okay, die schmerzvollen Schreie und das hilflose Betteln um Gnade ist schon ganz nett, aber Kinder treiben diese Exzesse auf eine Spitze, die nicht zu toppen ist.

Jetzt kann ich ihn schon sehen. Sein hellblond gelocktes Haar ist herrlich zerzaust, seine blauen Augen leuchten fröhlich. Die Sporttasche mit dem Dragonball Z Motiv wirft er in die Luft und fängt sie sicher wieder auf. Wie jede Woche bleibt er beim Flussbett stehen, bückt sich hinunter und fühlt nach, wie kalt das Wasser ist. Das ist mein Moment.

Ich springe aus meinem Versteck und bevor er mich bemerkt, gebe ich ihm einen kräftigen Schubs. Er taumelt noch kurz, doch mit dem schweren Schulranzen auf dem Rücken kann er sich nicht lange halten. Mit einem lauten Platschen fällt er in das strömende

Gewässer. Ich springe direkt hinterher. Ich weiß, wie tief es hier ist, habe es mehrere Male getestet. Ich kann hier problemlos stehen, er nicht.

Mit den Armen rudernd, schreit er: „Hilfe, Hilfe! Ich kann nicht gut schwimmen." Auch das habe ich bedacht. Meine Hände strecke ich ihm helfend entgegen. Intuitiv greift er danach und ich ziehe ihn an mich heran. Als er zu mir aufsieht, wähnt er sich in Sicherheit und versucht zu lächeln.

Um so erschrockener wirken seine großen Augen, als ich meine rechte Hand um seinen Hals lege und zudrücke. Sein Blick wird panisch und er beginnt, mit den Armen nach mir zu schlagen. Das Gesicht läuft bereits rot an. Ich mache einen Schritt nach vorne und nutze den Schwung, ihn samt Kopf unter Wasser zu tauchen.

Als ich ihn wieder hochhole, röchelt er bereits und endlich setzt das Flehen ein: „Bitte! Hören Sie auf. Bitte!" Es fällt ihm sichtlich schwer, die Wörter zu formulieren, weil ich ihm weiterhin die Luft abdrücke. Ohne Schwierigkeiten drehe ich ihn herum, sodass ich seine schmalen Schultern an mich drücken kann. Ich spüre, wie er zittert.

Leider kann er mein Lächeln nicht sehen, als ich kurzweilig von seinem Hals ablasse, mich zu seinem Ohr hinunterbeuge und gleichzeitig das Klappmesser zücke: „Du wirst jetzt sterben. Der Teufel persönlich hat mir den Auftrag erteilt, das absolut Gute der Welt zu vernichten. Mit dir setze ich das erste Zeichen, dass das Ende naht."

Mit einem Klick springt die Klinge heraus. Aus dem Winseln wird nun ein panisches Heulkonzert. Er strampelt wild um sich, kann sich meiner festen Umklammerung aber nicht entziehen. Es ist nur ein schneller gezielter Schnitt von links nach rechts und schon spritzt das Blut in einer druckvollen Fontäne aus seiner schmalen Kehle. Das Wasser verfärbt sich kurzweilig, doch mit der leichten Strömung wird es bald vergessen sein.

Es dauert nicht lange, bis sein Röcheln versiegt und nur noch eine schlaffe Hülle in meinen Armen liegt. Ich trage ihn aus dem Fluss heraus und drapiere ihn am Eingang des

Tunnels. Dann hole ich meine Werkzeugtasche dazu. Daraus ziehe ich meine Lieblings-Baumsäge von 'Z-Saw' und mache mich ans Werk. Ich wechsle die Handschuhe aus, denn ich möchte keine Blutflecken auf meinen guten Arbeitshandschuhen. Für diesen Anlass habe ich mir ein ein billiges Paar aus dem Baumarkt besorgt, die ich später einfach verbrennen kann.

Auf Knien sitzend beginne ich mit routinierten Bewegungen, den Kopf des Neunjährigen abzutrennen. Es geht wunderbar einfach. In einem blauen Plastiksack verstaue ich das fußballgroße Körperteil in meine Tasche. Ich ziehe ihm Jacke und Pullover aus. Meinem stählernen Klappmesser fällt es leicht, in das weiche Brustfleisch eine 1 zu ritzen. So wird klar, dass dies nur der Anfang ist.

Abschließend ziehe ich ihm noch Schuhe, Hose und Unterhose aus. Zwei weitere Schnitte und ich kann Penis und Hoden ebenfalls in der Tasche verstauen. Das Gute darf sich keinesfalls vermehren. Meine Arbeit hier ist getan. Der nächste Fall wartet schon, aber nun muss ich erst einmal zu Frau Denkena. Ich habe ihr versprochen, die Hecke zu schneiden. Was tut man nicht alles für seine Nachbarn?

Die Angelie-Trilogie

1 - Joel

Regentropfen prasselten unaufhörlich gegen das Dachfenster seines Arbeitszimmers und raubten ihm den letzten Nerv. Der Abgabetermin für sein neues Buch rückte immer näher, doch ihm fehlte immer noch über die Hälfte der erwarteten Seiten. Joel Meißner hatte sich einen Namen damit gemacht, nie Bücher unter 1000 Seiten zu schreiben.

Seine Werke hatten epische Ausmaße und bisher war es ihm leicht gefallen, dafür immer neue Geschichten zu erfinden. Doch nun starrte er schon seit über einer halben Stunde auf die leere Seite seines Computerdisplays.

Der Inhalt der halbleeren Kaffeetasse hatte bereits vor geraumer Zeit das Qualmen aufgegeben und so entschied Joel sich, neuen aufzusetzen. Viel zu schnell strömte das heiße Wasser mit Hochdruck durch das aromatische Pulver und als er wieder an seinem massiven Schreibtisch saß, umgab ihn auch weiterhin nichts als Leere.

Immer wieder setzte er mit neuen Versuchen an, doch alles wirkte gestellt, gekünstelt, unbedeutend. Er blätterte ein paar Seiten zurück und las sie, hoffte, damit wieder in den Schreibflow zurückzufinden, doch stattdessen verwarf er auch diese Blätter, markierte den Text und drückte die Entferntaste. „Vielleicht", so dachte er, „brauche ich mal etwas ganz Neues. Ein neues Genre, eine andere Art des Schreibens."

Als er weiter darüber nachdachte, kam ihm eine Idee. Statt sich Geschichten immer nur auszudenken, könnte er zur Abwechslung über etwas schreiben, das auch tatsächlich passiert war. Und vor allem wollte er über etwas schreiben, dass ihm selbst passiert war.

Normalerweise verließ er so gut wie nie das Haus. Wozu auch? Essen und Trinken wurde geliefert, Bankvorhaben liefen online ab, nur der Müll musste herausgebracht werden und das tat seine Putzfrau, die jeden zweiten Tag bei ihm vorbeischaute.

Er fragte sich, wie lange dann denn nun schon so ging und stellte bestürzt fest, dass er seit drei Jahren das Haus nicht mehr verlassen hatte. Seit sein Roman „Die Merkur-Nebel" zum internationalen Bestseller wurde und er jährlich ein Buch pünktlich zur Weihnachtszeit liefern musste.

Wahrscheinlich lag darin seine Blockade; ihm fehlte der Kontakt zu anderen Menschen. Er erlebte nichts mehr. Wütend auf sich selbst stand er auf und taperte ins Badezimmer. Sein Spiegelbild erschrak ihn. Zum ersten Mal seit langer Zeit nahm er sich selbst bewusst wahr. Das Haar wirkte zottelig und spröde, der Bart war ungepflegt und borstig, die Kleidung verwaschen und hing lustlos an dem ansonsten gut proportionierten Mann Ende dreißig herunter.

Motiviert suchte er sich aus den verschiedensten Schränken und Schubladen die passenden Werkzeuge heraus. Bereits nach einer Stunde und einer erfrischenden Dusche zum Abschluss stand eine gänzlich andere Person vor dem dreitürigen Badezimmerspiegel. Das Haar glänzte seiden wie

Ebenholz, die glatte Haut präsentierte ein markantes Kinn und die Kombination aus fliederfarbenem Hemd und schwarzer Chino ließen ihn glatt elegant wirken.

Seine Augen strahlten in sanftem Hellgrün und die langgliedrigen manikürten Finger wirkten fast königlich. Joel hatte durch das Schreiben vergessen, was für ein stattliches Wesen er war, durchaus vorzeigbar, durchaus interessant und charismatisch.

Nun musste er sich nur noch überwinden, in die Welt hinauszugehen. Mittlerweile waren die Regenwolken weitergezogen und nur die Pfützen auf den Straßen zeugten noch von dem Guss aus heiterem Himmel.

Als Joel seine Haustür öffnete, musste er blinzeln, um sich an die Helligkeit des Tages zu gewöhnen. Die Lichter der verschiedenen Lampen besaßen diese Strahlkraft nicht und er zögerte an der Türschwelle. Was suchte er in dieser ihm fast schon fremd gewordenen Welt?

Sein Magen bot ihm eine passende Antwort. Der Hunger trieb ihn hinaus. Irgendwo gemütlich zu Mittag essen, das wäre ein guter Anfang. Joel erinnerte sich daran, dass sich gar nicht weit von seinem Haus entfernt ein damals guter Italiener befand. Ohne weiter darüber nachzudenken marschierte er los.

Es fühlte sich merkwürdig an, nach so langer Zeit wieder durch die Zivilisation zu gehen. Der Lärm der vorbeifahrenden Autos kam ihm viel lauter vor, die vielen Menschen auf den Wegen waren ihm unangenehm.

Zum Glück erkannte ihn niemand, denn er hatte sich konsequent geweigert, sein Foto auf die Rückseiten der Buchdeckel drucken zu lassen. Seine Füße trugen ihn automatisch in die richtige Richtung und als er vor dem Restaurant stand, zögerte er erneut. Ein voller Laden würde ihn möglicherweise überfordern. Vorsichtig lugte er durch ein Fenster. Positiv überrascht stellte er fest, dass nur wenige Gäste anwesend waren.

So fast er sich den Mut, die Tür zu öffnen und hineinzugeben. Das Innere der Gaststätte war nicht sonderlich groß und besaß nur wenige Tische. Am Tresen saß nur eine einzelne Frau, die sich gemütlich mit dem

Barmann unterhielt.

Niemand beachtete Joel weiter und so legte er seine Jacke ab. Bedächtigen Schrittes ging er auf die Theke zu, denn ein Kellner war weit und breit nicht zu sehen. „Einen Tisch für eine Person, bitte", sagte er nach nur kurzem Räuspern mit klarer sonorer Stimme.

Erst jetzt schien die Frau ihn zu beachten. Sie drehte sich auf dem Barhocker zu ihm um und sofort fiel sein Blick auf ihre schönen Beine, die von einem dunkelgrauen Bleistiftrock optisch in die Länge gezogen wurden.

Auch er wurde gemustert und das Gefühl dieses Betrachtetwerdens irritierte ihn. Anerkennung bekam er sonst nur für seine geniale Wortwahl, nicht für sein Aussehen. „Falls Sie Gesellschaft suchen, können Sie auch einen Tisch für zwei wählen."

2 – Angelie

Joels Puls schlug ihm bis zum Hals, als er hinter dieser aufreizenden Dame lief und während sie bereits einen Tisch ausgewählt hatte, rief er sich die allgemeinen Benimmregeln wieder auf.

Instinktiv nahm er ihren Stuhl und schob ihn zurück, damit sie sich setzen konnte. Als sein Blick von oben an ihrem tiefen Ausschnitt vorbeiglitt, durchzog ihn ein Kribbeln, welches er lange nicht mehr gespürt hatte.

Er ging rechts um den Tisch herum und beim Setzen entspannte er sich etwas: „Ich habe Sie noch gar nicht nach ihrem Namen gefragt. Wie unhöflich von mir. Ich bin Joel Meisner. Freut mich, Sie kennenzulernen." Sie lehnte sich überlegen zurück, wobei er nicht das Gefühl hatte, dass sie mit diesem Namen etwas anfangen konnte.

„Nennen Sie mich Angelie. Sie gefallen mir. Obwohl ich Ihnen ansehe, dass sie bereits gelebt haben, wirken Sie auf charmante Weise unbeholfen." Bevor Joel auf ihre unverblümt ehrliche Art reagieren konnte, kam ein Kellner zum Tisch:

„Möchten die Herrschaften etwas trinken?" Die hagere Gestalt in schwarz-weiß wirkte steif und elegant zugleich, förmlich und doch absolut höflich. „Was halten Sie von Champagner, Angelie?" Ein reserviertes Lächeln umspielte ihre sinnlich hellrot geschminkten Lippen: „Gönne ich mir viel zu selten. Gibt es einen besonderen Anlass dafür?"

Er dachte an den Regen und an seine leere Seite zurück, doch dann strahlte er zufrieden: „Ja, ab heute sammle ich neue Erfahrungen." Der Kellner nickte erfreut und stolzierte von dannen. „Ich hoffe, es ist keine gänzlich neue Erfahrung, dass sie mit einer schönen Frau am Tisch sitzen." Ihre dunkelgrünen Augen blitzten selbstbewusst auf; Joel kicherte und ließ seine reinweißen Zähle erahnen:

„Sie halten sich selbst für schön?" Bewusst provokativ lehnte sie sich nach vorne. Leise fragte sie: „Wollen Sie mir etwa widersprechen?" Er fuhr mit der rechten Hand durch sein Haar: „Wie könnte ich, wo es doch so wahr ist." Joel spürte, wie die Röte seine Wangen empor stieg. Der Kellner erlöste ihn aus dieser Situation. Dieser stellte zwei fein verzierte Kristallgläser auf den Tisch und öffnete die Flasche am Platz.

Die prickelnde hellgelbe Flüssigkeit floss schäumend in die durchsichtigen Glaskelche. Danach stellte er die grüne Flasche in einen Kühlbehälter und ließ zwei Speisekarten am Tisch zurück. „Worauf stoßen wir an?" Angelies filigrane Finger schlossen sich um den langen dünnen Glasstiel und erhoben das Glas. Joel tat es ihr gleich und schaute ihr tiefgründig in die Augen:

„Auf diesen Moment und die darauf Folgenden." Sie hielt den Blick stand und als sich die Gläser berührten, ertönte ein fröhliches Klingen. Gut gelaunt nahm Joel einen großen Schluck daraus und stellte zufrieden fest, dass es kein saurer Fusel war, sondern hochwertige Qualität, die wich seinen Gaumen hinunterrann.

Als er die Speisekarte aufschlug, bemerkte er kurzerhand: „So, wie Sie sich mit dem Barmann unterhalten haben, nehme ich an, dass Sie häufiger hier speisen. Können Sie mir etwas empfehlen?" Angelie blätterte durch die in Folie eingeschweißten Seiten, doch dann hielt sie plötzlich inne: „Das könnte ich. Neue Erfahrungen sammeln sie damit nicht. Dann verlassen Sie sich auf meine. Gehen Sie das Risiko ein. Wählen Sie selbst, werden Sie aktiv. Das ist viel spannender."

Ihre Augen schienen Feuer zu sprühen, zumindest empfand Joel es so. Ihre Ausstrahlung war so energiegeladen, dass er sich regelrecht animiert fühlte, etwas zu wagen. Mit Erstaunen durchstöberte er die Karte auf der Suche nach unausprobierten Gerichten. „Du meine Güte, seit zehn Jahren wohne ich in der Nähe dieses Restaurants, war unzählige Male hier und habe tatsächlich immer nur das Gleiche gegessen. Ist das nicht traurig?"

Sie legte die Karte beiseite und nippte an ihrem Champagnerglas, während sie über die Antwort nachdachte: „Nein, nicht traurig. Aber schade. Der Mensch an sich ist ein Gewohnheitstier, doch genau dieses Tier in uns bremst uns nur allzu gern."

Er sah gebannt dabei zu, wie Angelie sich mit dem linken Zeigefinger lasziv über die

Lippen strich: „Bleiben wir doch beim Thema Tier und lassen Sie uns über Triebe sprechen." Joel wurde puterrot und vergrub sein Gesicht hinter der Speisekarte: „Gebeizter Wildlachs auf schwarzen Tagliatelle mit Granatapfelsoße. Klingt interessant."

Er senkte die Karte wieder, im Glauben, dass seine ursprüngliche Gesichtsfarbe zurückgekehrt war, doch Angelies mahnender Blick ließ ihn erneut erröten: „Sie haben das Thema gewechselt. Was treibt Sie an im Leben? Was treibt sie dazu, episch lange Bücher zu schreiben?" Sie wusste also doch, dass er Autor war!

Das hatte sie bisher sehr gut überspielt. Als der Kellner kam, beschloss Joel eine andere Richtung einzuschlagen. „Wir nehmen beide den gebeizten Lachs", sagte er ohne Zögern und beobachtete gespannt ihre Reaktion. Die serviceorientierte Gestalt bedankte sich für die ausgezeichnete Wahl und verschwand so schnell wie er aufgetaucht war. Angelie hatte sich entspannt zurückgelehnt und lächelte entzückend: „Nun haben

Sie tatsächlich etwas gewagt. Haben aktiv die Führung übernommen. Ich bin stolz auf Sie. Es schlummert noch viel Potential in Ihnen."

Joel studierte jede ihrer Bewegungen und versuchte, sich jede Nuance einzuprägen. Mit welchem Schwung sie die eine Strähne hinters Ohr strich, wie sie leicht den Mund öffnete, um den prickelnden Champagner in sich aufzunehmen, ihr Augenaufschlag, der durch das schwarze Mascara wunderschön in Szene gesetzt wurde.

„Ich schreibe, um Momente wie diesen auf Papier zu bannen, für die Ewigkeit, für andere Menschen, damit sie ein Teil davon werden können. Nicht jeder hat das Glück, mit einer solchen Schönheit zu Mittag zu essen." Die Worte waren einfach so aus ihm heraus-gesprudelt, doch sie hatten ihre Wirkung nicht verfehlt. Angelie lehnte sich vor und ließ ihre linke Hand auf seine Rechte gleiten: „Das haben Sie schön gesagt. Übrigens habe ich bewusst verschwiegen, dass ich sie erkannt hatte. Es sollte nicht wirken, als wäre ich ein billiger Groupie.

Ich respektiere Ihre Arbeit, aber sie sollten sich nicht darauf reduzieren. Sie haben mehr zu bieten."

Joel fühlte nicht nur das Kribbeln seiner Finger, als ihre seine berührten, er spürte plötzlich auch, wie ihr rechter Fuß schuhlos sein Bein streichelte. Ein innerer Impuls schrie danach, das Bein zurückzuziehen, doch er ließ ihn bewusst dort stehen. Er genoss die Rebellion seines Körpers und fühlte sich mächtig und vor allem – lebendig.

„Wir konnten Sie denn wissen, wer ich bin? Es gibt keine veröffentlichten Bilder von mir. Die Paparazzi haben sich nie die Mühe gemacht." Als ihre grazilen Finger begannen, seine Hand sanft zu streicheln, durchlief ihn ein wohliger Schauer und das Kribbeln verstärkte sich noch.

„Wie Sie wohne ich ganz in der Nähe und kannte sie bereits vor Ihrem großen Erfolg. Ich bin Lektorin." Diese Eröffnung stellte sie in ein ganz anderes Licht. Sie war also nicht nur sexy und clever, sondern auch noch intelligent. Als dann plötzlich das Essen gebracht wurde, ließen sie voneinander ab.

Es roch köstlich und sah auch dementsprechend aus. Die kleinen roten Kerne des Granatapfels sprenkelten die schwarzen Bandnudeln und der mit Pfeffer und Kräutern gebeizte Fisch trug auf seinem Filet-Rücken eine hauchdünne Zitronenscheibe.

„Guten Appetit", wünschte der Kellner den beiden Gästen und als sie wieder allein waren, griffen sie zum Besteck. Nachdem Joel vom Fisch probiert hatte und ihn für hervorragend befunden hatte, fragte er neugierig: „Sie sind also vom Fach? Das hatte ich nicht erwartet." Sie kicherte kokett, während sie mit der Gabel die Nudeln aufdrehte: „Weil ich nicht wie eine langweilige Bibliothekarin aussehe? Ich habe mir abgewöhnt, diese Information allzu früh bekannt zu geben. Männer erschreckt es häufig, wenn sie hören, dass ich mein Geld damit verdiene, die Texte anderer zu verbessern."

Joel griff kurzweilig zum Champagnerglas und trank einen großen Schluck. „Das ist auch erschreckend", gab er lachend zu. „Ich musste selbst schon die Erfahrung machen,

dass nach einem Lektorat von meinem ursprünglichen Text nicht viel übrig geblieben ist." Joel stellte amüsiert fest, dass sie jeden Bissen gründlich zerkaute; sie aß mit Genuss. Erst als ihr Mund leer war, antwortete sie: „Dann haben Sie Ihre Worte anscheinend nicht gut genug gewählt."
Als er darüber nachdachte, fiel ihm auf, dass er tatsächlich selten daraus achtete. Er schrieb einfach, um mehr ging es nicht. Seine Stärke lag darin, Welten und Plots zu kreieren. Als Poet sah er sich nicht.
Sie schien seine Gedanken lesen zu können, denn während sie einen Teil des Fischs mit dem Messer abtrennte, sagte sie wohlwollend: „Vielleicht sollten Sie zur Abwechslung Gedichte schreiben. Das sensibilisiert Ihren Sprachgebrauch." Mit den Nudeln kämpfend sinnierte er darüber, wieviel lyrisches Feingefühl durch seine Adern floss. Natürlich kannte er das eine oder andere Gedicht, aber sich bewusst damit auseinander gesetzt hatte er nicht.
Bei den letzten Happen Lachs kamen Schulerinnerungen zurück und Wörter wie Reim-

schema und Duktus tauchten in seinem Kopf auf. „Ich weiß nicht, ob ich das überhaupt kann", gab er offen zu.

Ihr missbilligender Blick schien anderer Meinung zu sein: „Wo ist denn Ihr Selbstvertrauen? Der Mut, Neues auszuprobieren? Ich denke, Ihnen fehlt Nachttisch." In ihren Augen erschien ein Funkeln, doch er missdeutete ihre Bemerkung: „Ja, worauf haben Sie denn Lust? Gibt es hier eine Dessert-Karte?" Angelie beugte sich vor und flüsterte leise:

„Was mir vorschwebt, steht in keiner Karte." Joel musste schlucken, seine Kehle wurde trocken. Das Angebot war so verlockend und verführerisch, dass er nur kurzweilig zögerte. Mit einem hochroten Kopf verlangte er die Rechnung. Der Kellner kam geschwind und freute sich übermäßig aufgrund der überhöhten Trinkgeldes.

Zufrieden standen Joel und Angelie auf; er half ihr in die Jacke, wobei ihr teures Parfüm seine Knie weich werden ließ. Als er seinen Mantel anzog, klopfte sein Herz schneller. Er war lange her, dass er mit einer Frau intim gewesen war und er stellte seine Liebhaber-Qualitäten in Frage. Angelie hakte sich bei hm unter und ihr Lächeln machte alle Unsicherheiten unwichtig.

3 – Joel & Angelie

Schweigend erreichten sie Joels Haustür; widerwillig löste er sich von Angelie, um den Schlüssel aus der rechten Hosentasche zu kramen. Gemeinsam gingen sie durch den Flur und erreichten schnell das Wohnzimmer.
Joel betrat diesen Raum so gut wie nie. Letztendlich reichten ihm Arbeitszimmer, Bibliothek und Schlafzimmer. Die große Stube verband er mit Gesellschaft, die er die letzten Jahre so vehement gemieden hatte. Nun stand diese wunderschöne Frau darin und er konnte sein Glück kaum fassen.
Interessiert schaute sie sich um; die verschiedenen Bilder und Gemälde betrachtete sie eingängig, als versuchte sie, darin mehr Details über ihn zu finden. Als sie eine alte eingerahmte Fotografie hochhob, schien sie fündig geworden zu sein: „Ist das Ihre

Familie?"

Er trat näher an sie heran und blickte über ihre Schulter: „Ja, das Foto ist ungefähr fünfzehn Jahre alt. Mehr ist mir von ihnen nicht geblieben." Erinnerungen bahnten sich einen Weg an die Oberfläche und er musste schlucken. Angelie drehte sich zu ihm um und in ihren Augen fand er reines Mitgefühl.

Ganz sanft berührte sie seinen Arm und streichelte über den Stoff seines Hemdes. „Meine Eltern starben bei einem Autounfall. Ein LKW-Fahrer hatte nach 72 Stunden immer noch keine Pause gemacht und schlief am Steuer ein. Nach vielen Jahren wollten sie endlich mal in Urlaub fahren und bei der letzten Autobahnabfahrt traf sie der Lastwagen mit voller Geschwindigkeit. Sie hatten keine Chance."

Joel hielt einen Moment inne, als die Bilder der Beerdigung mit geschlossenem Sarg in seinen Kopf schossen. Er musste kurz die Augen schließen und als er sie wieder öffnete bemerkte er, dass Angelie sich in seine Arme geschlichen hatte.

Diese wohltuende Berührung mit dem ganzen

Körper schien ein paar Knoten zu lösen. „Meine Schwester kam mir immer etwas labil vor. Sie wurde vom Schwermut magisch angezogen und nach dem Tod unserer Eltern geriet sie zusätzlich noch auf die schiefe Bahn. Auf mich hörte sie eh nicht. Drei Jahre später starb sie an einer Überdosis."
Seine rechte Hand strich durch ihr weiches Haar, ansonsten standen sie einfach nur da und schauten sich an. „Fliehst du deswegen so gerne in fremde Welten? Weil du dort bestimmen kannst, wie es weitergeht?" Er dachte kurz darüber nach, aber schließlich nickte er.
In ihrem Blick veränderte sich etwas: „Jetzt kannst du auch bestimmen, wie es weitergeht." Diesmal zögerte er nicht mehr; seine Lippen trafen auf ihre und sie erwiderte den Kuss, bereit, sich ihm hinzugeben. Leidenschaft entflammte in ihnen und schon machten sich die Hände selbstständig. Knöpfe, Reißverschlüsse, Gürtel, alles Behinderungen um sich noch näher zu kommen.
Kleidungsstücke fielen zu Boden und es

schien nur allzu klar, dass sie es nicht bis zum Schlafzimmer schaffen würden. Angelie bemerkte erfreut, dass sein Körper sich fest und muskulös anfühlte, sie spürte sein Verlangen pochend in dessen Schritt.

Gerade löste er mit geschickten Fingern ihren BH und schon flog auch dieser quer durch den Raum. Vor dem Karmin lag ein dicker wollener Teppich, auf dem sie zu liegen kamen. Von seiner anfänglichen Schüchternheit blieb nicht mehr viel übrig; seine Küssen wurden fordernder und sein Gewicht auf ihren aufrechten Brustwarzen zu spüren, machte sie ganz wild auf mehr.

Als hätte er ihre Gedanken gelesen, machte er sich daran, ihr Höschen auszuziehen. Bereit-willig schlug sie die Beine hoch, damit es schneller ging. Joel grinste schelmisch, als er bemerkte, wie feucht sie war. Er ließ eine Hand über ihren Venushügel gleiten und entlockte ihr ein zufriedenes Stöhnen.

Als sie die Schenkel bewusst auseinander spreizte, fühlte er sich förmlich dazu eingeladen, sich mit ihr zu vereinen. Obwohl er gerne ihren ganzen Körper erkunden wollte, trieb ihn die Lust dazu, seinem massiven Stab freizulegen und sich in Angelies Schoß zu versenken.

Sie krallte ihre Fingernägel in den Rand des Teppichs und ließ sich auf seinen Rhythmus ein. Angelie genoss es, so herrlich ausgefüllt zu sein; immer, wenn er das Tempo erhöhte, schlugen seine Eier gegen ihre empfindlichste Stelle und so dauerte es gar nicht lange, bis er sie zum Höhepunkt stieß. Sie kam heftig und ein Beben, dass ihr Becken durchzuckte, verteilte die Energie durch jede Zeile ihres Organismus.

Joel stellte erleichtert fest, dass es ihm leicht fiel, mit ihr Sex zu haben. Die Gliedmaßen verknoteten sich nicht, ihr Geruch machte ihn süchtig; er ergötzte sich daran und verlor seine anfänglichen Hemmungen. Er bog ihre Knie weiter nach hinten, um so noch tiefer hineinzustoßen zu können und nach ihrem Orgasmus fragte er sich, wie lange es dauern würde, einen Zweiten zu provozieren.

Während er mit den Händen ihre Brüste

liebkoste, verlor er sich in Zungenspiele und erhöhte merklich das Tempo. Damit trieb er nicht nur sie zum nächsten 'le petit mort', sondern sich selbst ebenfalls. Als er seinen Saft in mehreren Schüben verschossen hatte, sackte er verschwitzt auf ihr zusammen. So blieben sie liegen.

Angelie strich liebevoll durch sein Haar. Joel hatte die Augen geschlossen und lauschte ihrer beider Atem, der inzwischen in gleichmäßigen Zügen ging. Er hatte sich auf einen anderen Menschen eingelassen und sich doch noch nie freier gefühlt. Als er die Lippen um ihre hellbraune Brustwarze legte, folgte darauf ein Stöhnen und damit regte sich seine Lendengegend.

Als er erneut in sie eindrang, fühlte er, dass er sie brauchte, er sie nicht mehr gehen lassen wollte. Und mit dieser Erkenntnis strömten die Worte zurück in seinen Kopf. Während beide auf den nächsten Höhepunkt zusteuerten, formte sich sein erstes Gedicht zusammen:

Liebste,

Schönste,

Klügste.

Für immer will ich an deiner Seite sein.

Für immer will ich in deine Augen sehen.

Für immer mich in deinem Schoß verlieren.

Für immer mit dir die kleinen Tode sterben.

Für immer der Deine sein.

Für immer.

Joels Verleger wunderte sich, als er die Mail mit dem neuen Manuskript seines Bestseller-Autors öffnete. Der Titel des neuen Werkes hieß:

„1000 Liebeshymnen für Angelie".

Der Apfelstand

Es regnete schon seit Stunden und ein Ende war nicht in Sicht. Jeder neu hereinkommende Kunde schüttelte sich erst einmal die fiese Kälte von den Schultern.
Der Blick auf die elektronische Eingangstür wirkte trist und hoffnungsvoll zugleich. Jedes Mal, wenn sich jemand in diese Filiale verirrte, streckte Alkim Okur seine Brust heraus, zog den leichten Bauch ein und strahlte sein schönstes Lächeln.
Es war das erste Mal, dass der junge Türke mit seinem Apfelstand nach Norden geschickt wurde. Er bevorzugte die Supermärkte in größeren Städten, weil das Publikum dort offener wirkte, sowohl auf seine Art als auch auf die Informationen, die er über seine Äpfel preisgeben konnte.
Für heute hatte er nur drei Sorten vorbereitet, denn zum einen wurden hier gar nicht alle dreizehn Arten der Südtiroler Apfel g.g.A. geführt, zum anderen hatte er seine drei liebsten Sorten gewählt: Golden

Delicious, Braeburn und Granny Smith.

Doch hier im Eingangsbereich des sogenannten „Anton Götz" bekam Alkim wenig Beachtung. Uninteressiert gingen die Leute an ihm vorbei, schauten gar feindselig, wenn er sie ansprach. Anscheinend ging es hier nur darum, schnellstmöglich den lästigen Einkauf zu erledigen und genau so schnell wieder zu verschwinden, wie man gekommen war.

Während Alkim seine Info-Broschüren noch einmal sorgfältig positionierte, dachte er darüber nach, welches Privileg diese Einkaufsmöglichkeit überhaupt bot. Sechs Tage die Woche boten diese Räumlichkeiten ein riesengroßes Repertoire an Waren an, die jedem zugänglich gemacht wurden. Natürlich nicht alles zum erschwinglichen Preis, doch zumindest bemüht, eine sehr breite Masse anzusprechen.

Seine Großeltern erzählten noch heute bei Familienfesten von der schweren Zeit, als sie sich in Deutschland ansiedelten und vor allem aus der Zeit davor. Wie stolz sie nun auf ihren Enkel waren, dass er sein Geld damit verdienen konnte, von Äpfeln zu erzählen. Eine ältere Dame blieb bei ihm stehen und stibitzte mit einem freundlichen Grinsen auf den Lippen ein Stück Braeburn und in ihren Augen funkelte eine Erinnerung aus frühen Zeiten auf, als Kinder noch in Bäume kletterten und die Äpfel der Nachbarn klauten.

Wie gerne hätten es seine Eltern, dass er eine tolle Frau fände, mit der er eine Familie gründen könnte. Doch spätestens der Blick zur Kasse ließ ihn aufseufzen. Ein junger Mann mit hellbraunem Haar saß an der Kasse, von den Kunden offensichtlich sehr geschätzt und trotzdem so herrlich schwul, dass Alkims Herz dessen offene Art innerlich feierte.

Ein Blick auf die Uhr ergab, dass er hier noch weitere drei Stunden stehen durfte. Ein tiefer Seufzer drang aus der Tiefe seiner Kehle. Der Regen wollte einfach nicht aufhören und der Strom der Neukunden drohte bald zu versiegen.

Als ein hochgewachsener Mann Mitte 30 in den Eingangsbereich hineinstürmte, läuteten bei Alkim plötzlich alle Alarmglocken. Im Licht der Halogenstrahler glänzte dessen Haar grellrot auf und die golden anmutende Winterjacke verdeckte eine stattliche Figur, die sich sehen lassen konnte.

Alkims Puls beschleunigte sich und spontan nutzte er seine größte Stärke – seine Verkaufskraft: „Kann ich Ihnen ein Stück Apfel anbieten?" Er erweiterte sein übliches Lächeln, sodass seine feinen Grübchen sichtbar wurden. Doch zu seiner Überraschung blieb der Mann nicht stehen, sondern stürmte an ihm vorbei und rief ihm extrovertiert zu: „Stellen Sie mir die Frage gleich noch einmal!"

Irritiert schaute Alkim dabei zu, wie der attraktive Kerl an der Bäckerei vorbeirauschte und dann rechts herum verschwand. Tief durchatmend sortierte er seine Apfelscheiben noch einmal, tauschte ein paar Scheiben aus, die allmählich braun wurden und blickte immer wieder in die Richtung, in die der Typ verschwunden war.

Alkim ärgerte sich, dass er sich nicht besser im Griff hatte. Prinzipiell war es egal, wer zu seinem Stand kam; er konnte selbst einem Pinguin eine Eismaschine verkaufen. Aber wehe, es kam kam ein Mann daher, der ihm gefiel. Dann wurden seine toll zurecht gelegten Sätze zu einem zurecht gestammelten Wortbrei und seine sonst so wertgeschätzte Selbstsicherheit wich der Unsicherheit eines zurückhaltenden Schuljungen.

Alkim kam gar nicht dazu, seinen Gedanken zuende zu führen. Mit großen Schritten kam der Mann mit dem roten Deckhaar zurück und steuerte direkt auf seinen Apfelstand zu. „So, jetzt noch einmal. Wie war Ihre Frage?" Stechende grüne Augen blitzten ihn an und sein Blick blieb an den sinnlichen Lippen kleben, die von einem adretten Dreitagebart umgeben waren.

„Ich... ähm... Wollen Sie eine Scheibe probieren?" Mist, er hätte darauf hinweisen sollen, dass es sich hier um Äpfel handelte. Die feingliedrigen Hände seines Gegenübers strichen gefühlvoll über seinen Tisch; Alkims Kehle wurde immer trockener. „Welche Apfelsorten haben sie denn hier?" Normalerweise konnte er die Produktpalette im Schlaf herunter beten, doch nun brauchte er seine kompletten Gehirnkapazitäten, um sein kleines Sammelsurium zu erklären: „Hier links liegt Golden Delicious, in der Mitte ist Granny Smith und rechts außen, das ist Braeburn."

Alkims Hände begannen zu schwitzen, als er sah, dass der Mann, der ihn locker um eineinhalb Köpfe überragte, zu einer grell grünen Scheibe griff und sofort erklärte: „Eigentlich brauche ich da gar nicht groß testen. Ich mochte schon immer am liebsten Granny Smith. Ich liebe es, wenn sich beim Reinbeißen das ganze Gesicht verzieht." Ein positives Lachen ergänzte diesen Satz, gefolgt von fröhlicher Gesichtsakrobatik beim ersten Bissen.

Mehr als zufrieden beobachtete Alkim, mit welcher Genugtuung dieser hübsche Kerl dieses kleine Stückchen Apfel verspeiste. Als dieser den letzten Rest hinunterschluckte, verfolgte Alkim die Bewegung an dessen schmalem Hals und war daher nicht auf die nächste Frage vorbereitet:

„Und inwiefern unterscheidet sich Granny

Smith von den anderen beiden Sorten?" Ja, wie war das denn nochmal? Am liebsten hätte Alkim zu seiner eigenen Broschüre gegriffen, doch er musste diese Informationen nun aus dem Stehgreif abrufen, ob er wollte oder nicht.

„Nun ja... also... Granny Smith ist ja eher säuerlich, Golden Delicious dagegen eher süß-aromatisch, während Braeburn eher dazwischen liegt. Aber bitte, probieren sie auch die anderen beiden Sorten und beurteilen sie selbst." Keine rhetorische Glanzleistung, aber inhaltlich stimmten Alkims Angaben. Er bemerkte die Penhaligon-Tasche seines Gegenübers und freute sich darüber, einen Fantasy-Leser mit seinen Früchten begeistern zu können.

Dieser griff als nächstes zu Golden Delicious, doch schon beim ersten Hineinbeißen verzog dieser so missmutig das Gesicht, dass Alkim ihn am liebsten das Stück Apfel aus dem Mund gerissen hätte. „Die sind schon sehr süß, ich weiß." Mitfühlend sollte es klingen und anscheinend wirkte es, denn der Mann mit leicht ergrauten Schläfen nickte zustimmend.

Mit gewisser Wehmut wurde Alkim bewusst, dass er bereits bei der letzten Sorte angekommen war. Entweder ließ sich dieser Mann zu einem intensiveren Gespräch ein oder er musste ihn ziehen lassen, vielleicht mit der Hoffnung, er möge Äpfel kaufen und bei jedem Bissen an ihn denken. Doch gleichzeitig belächelte er sich selbst aufgrund solch naiver Gedanken.

Nur vorsichtig biss sein Kunde in die letzte Apfelsorte hinein, noch gebrandmarkt von der vorigen Süße, doch schnell lief ein wohlwollendes Strahlen über das ganze Gesicht. Anscheinend schien diese raffinierte Mischung des Braeburn zu überzeugen. Die Sinne seines Gegenübers belebten sich, sodass Alkim dessen Blick nicht mehr ohne Erröten standhalten konnte.

„Kann ich mir diese Broschüre mitnehmen", fragte der charismatische Hüne und Alkim war versucht zu sagen: „Warte, ich schreibe meine private Nummer mit drauf." Stattdessen sagte er freundlich: „Natürlich, dafür sind sie da." Er wusste, dass er loslassen musste.

Bereits morgen früh würde er in einer völlig anderen Filiale stehen. Es konnte Jahre dauern, bis er wieder an diesem Ort sein würde. Seine Kontakte bestanden aus Momentaufnahmen, die selten stärker wurden als eine Apfelscheibe.

Alkims Gesprächspartner packte das Faltblatt in dessen schwarze Tasche, wünschte ihm noch einen schönen Tag, bedankte sich für die erfrischende Kostprobe und verschwand im Inneren des Ladens.

Die Vergewaltigungs-Trilogie

Der Täter

In Aarons Gedankenwelt drehte sich alles um Melissa. Der ganze Tagesablauf war davon bestimmt. Sein Verlangen, sie zu besitzen, wurde immer stärker.

Schon früh am Morgen, wenn seine große Morgenlatte die Bettdecke hoch drückte, begann das Kopfkino. Er stellte sich vor, wie sie auf seinem Befehl hin vor ihm strippte. Die jungen zarten Brüste wippten dabei im Takt einer nicht vorhandenen Musik.

Er stellte sich vor, wie sie zögerlich, mit Angst in den Augen ihr weißes Höschen hinunter streifte, und spätestens ab diesem Zeitpunkt musste Aaron an sich Hand anlegen. Die Geilheit übermannte ihn bei der Vorstellung an ihre jungfräuliche rosa glänzende Möse. In seiner Traumwelt war sie dann schon klitschnass und jedes Mal, wenn er sie aufs Bett schubste und sich über Melissa beugte, kam er.

Er hatte sie an der U-Bahn-Haltestelle

kennengelernt. Fünf Tage die Woche führte die gleiche Strecke in die Stadtmitte, in der beide arbeiteten. Es dauerte ein paar Wochen bevor Aaron erfuhr, dass sie eine Ausbildung bei einem Zahnarzt absolvierte. Während er die Kaffeemaschine anstellte, dachte er daran, wie sie ihre grazilen Finger in seinen Mund schoben und in seiner schwarzen Retropants wurde es erneut eng.

Um seinen sexuellen Trieb zu unterdrücken, warf er sich sofort auf den Boden und absolvierte dreißig Liegestütze. Der Sport half ihm, seine Lust in positive Energie umzuwandeln. Nach der Arbeit führte sein Weg ins nahe liegende Fitnessstudio und doch fragte er sich manchmal, wie lange das noch helfen würde.

Wenn er Melissa morgens gegenüber saß und sie dabei beobachtete, wie sie die eine Strähne ihres kastanienbraunen Haares immer wieder hinters Ohr strich, überkam ihm manchmal das Verlangen, selbst fest in ihr Haar zu greifen und sie auf die Knie zu drücken.

Er versuchte, den Reißverschluss der grauen

Bundfaltenhose zu schließen, aber sein mächtiger Ständer störte dabei. Wütend umschlossen seine kräftigen Hände die Stange der Langhantel und er drückte sie entschlossen ein Dutzend Mal in die Höhe. Danach ging es ihm besser.

Er wollte gerade ein hellblaues Hemd aus dem Schrank nehmen, als ein Bild von Melissa in dem gestrigen blauen Top in den Kopf schoss. Es saß so eng, dass er meinte, ihre harten Nippel im Licht der flackernden Neonröhre erkennen zu können.

Nur zu gern wäre er aufgestanden, um mit voller Wucht hineinzukneifen. Ihre Empörung und der Schmerz hätten ihm Freude bereitet. Aarons Verlangen, ihr das schöne Stück in Fetzen zu reißen, erzeugte eine weitere Reaktion in der Lendengegend.

Er warf sich auf den Boden und mit jedem weiteren Crunch legte sich der Druck im Schritt. Danach wählte er ein fliederfarbenes Hemd und eine dunkelviolette Krawatte mit grauen Nadelstreifen. Für sein Lunchpaket wählte er ein nussiges Müsli, rührte eine Beerenmischung in einen Becher

Jogurt und packte noch eine Banane ein.

Beim Anblick dieses phallischen Obstes überkam ihn eine neue Welle Fantasien, die sich darum drehten, wie es wäre, sie brutal zu ficken, während ihre Schreie und das Betteln um Erlösung seine kräftigen Stöße noch dringender werden ließen. Nach einer Unmenge Klimmzüge musste er sein Hemd wieder richten, dass aus der Hose herausgerutscht war.

Aaron blickte auf seine silbern glänzende Uhr, die U-Bahn würde nicht auf ihn warten. Er musste sich nun beeilen, wenn er rechtzeitig zur Arbeit kommen wollte. Er griff seine Ledertasche und stürmte aus der Wohnungstür. Welches Outfit hatte Melissa heute gewählt? Ob sie die enge Jeans trug, die ihren knackigen Hintern so gut betonte? Er rannte fast die Straße hinunter und ignorierte den feinen Nieselregen, der lautlos auf sein schwarzes Sakko fiel. Die Treppen-stufen zur U-Bahn wollten kein Ende nehmen und mit jedem weiteren Schritt steigerte sich der Drang, sich endlich zu nehmen, was ihm gehören sollte.

Wenn er Melissas Geist erst gebrochen hätte, würde sie sich schon fügen. Dann würde sie ihm gehören und er würde diese Macht bis zur letzten Minute auskosten. Als er das Ende der Treppe erreichte, sah er noch, wie sie in das überfüllte Transportmittel einstieg. Sie trug die enge Jeans und auch das enge Top vom Vortag. Sie blickte direkt zu ihm und strich sich die Strähne hinters Ohr und lächelte schüchtern.

Dann schlossen sich die Türen und als Aaron am Bahnsteig ankam, setzten sich die Waggons bereits in Bewegung. Sie würde heute ohne ihn zur Stadt fahren, während er zwanzig Minuten warten musste, bis der nächste Zug kam. Um sich die Zeit bis dahin zu vertrödeln, malte er sich aus, was er morgen früh mit ihr anstellen könnte.

Die Tat selbst

Seit einigen Monaten trafen an einer U-Bahn-Haltestelle jeden Morgen zwei Menschen aufeinander, die nicht unterschiedlicher sein könnten.

Aaron ist 22 Jahre alt und strotzt vor negativer Energie. Er ist ein guter Bankangestellter, weil er seinen Job bestmöglich erledigt und dabei auch über sprichwörtliche Leichen geht. Sein sexueller Trieb ist derart stark ausgeprägt, dass er ihn nur mit Sport kompensieren kann.

Dementsprechend gut sieht er aus, sodass die Frauen ihm reihenweise verfallen. So auch die 16-jährige Melissa, die gerade ihre ihre Ausbildung zur Zahnarzthelferin in einer renommierten Praxis begonnen hat.

Sie ist intelligent, aber sehr schüchtern. Gerne versteckt sie sich hinter Büchern, die sie massenweise verschlingt. Romantische Liebesgeschichten haben es ihr angetan. Ihre eigene sexuelle Lust keimt gerade erst auf und in ihren Träumen fand Aaron bereits Einlass.

Beim Warten auf die Bahn und im Inneren der Waggons beschränkte sich ihre Konversation mit ihm auf ein Mindestmaß, denn sie besaß nicht die Empathie zu bemerken, wie sehr Aaron sie begehrte.

Als junge unschuldige Frau trug sie

Kleidung, die ihr gefiel und die auch so manchem modischen Trend unterworfen war. Dabei vergaß sie ihre Außenwirkung, denn ihre weiblichen Runden waren bereits gut ausgebildet und auch für Aaron sehr gut sichtbar.

Damit fand sie den Weg in seine Träume, die sich allerdings nicht sehr romantisch gestalteten. Er wollte sie besitzen, sie zu eigen machen, gefügig, seinem Willen unterwerfen. In Gedanken schlug er sie, fickte sie brutal und geilte sich an ihrem Schmerz auf.

Allerdings begriff er dabei, wie zerbrechlich sie war, daher versuchte er, seinem Drang zu widerstehen und verbrachte Stunde um Stunde im Fitnessstudio. In Melissas Augen steigerte dies seine Attraktivität und es blieb unausweichlich, dass sie sich in ihn verliebte.

Damit begann eine teuflische Spirale, die niemand aufhalten konnte. Melissa traute sich nicht, ihrer besten Freundin von ihrem heimlichen Schwarm zu erzählen. Nur ihr Tagebuch nahm Notiz davon. Und Aaron machte bewusst nicht den Fehler, über seine sexuelle Perversion zu sprechen.

Er wusste, dass es falsch war. Doch mittlerweile machte sich Melissa für ihn hübsch, zeigte mit kurzen Röcken ihre hübschen langen Beine her, wählte Blusen, die ihr Dekolletee aufregender gestalteten und legte leichtes Make up auf.

Wenn sie einander gegenüber saßen, musste Aaron kraftvoll seine Beine zusammendrücken, damit sie seine Erektion nicht bemerkte. Für die Arbeit trug er ausschließlich Anzüge, dessen Hosen für solche Fälle genügend Platz ließen.

Vor kurzem war ihm eine erschreckende Zahl zu Ohren gekommen. In Deutschland werden pro Jahr über 7300 Frauen vergewaltigt, Stand 2014. Er wollte vermeiden, dass sich Melissa in diese Reihe eingliedern musste.

Doch dann kam dieser schicksalhafte Morgen, an dem Melissa beim Frühstück zu viel Tee getrunken hatte und daher die Zeit nutzen wollte, um die Toilette aufzusuchen. Diese lag an der Seite zur Treppe, die Aaron jeden Morgen zum Bahnsteig hinunterlief.

Sie trug ausgerechnet das Outfit, dass ihm an ihr am besten gefiel und wegen Inventur hatte das Fitnessstudio gestern geschlossen. Als Aaron die letzte Stufe erreichte, fiel sein Blick auf Melissa, die bei seinem Anblick lächelte und ihm freundlich zuwinkte.

Natürlich missverstand er diese Geste und empfand sie als die Einladung, auf die er so lange gewartet hatte. Ohne auf die Ankunftszeit der Bahn zu achten, folgte er ihr. Ihm war jetzt völlig egal, ob ihn jemand sah, wie er die Damentoilette betrat. Allerdings musste er sich deswegen keine Sorgen machen. Die anderen Wartenden waren so sehr auf sich selbst fixiert, dass keiner einen Unterschied zu sonstigen Morgen bemerkte.

Melissa stand bereits am Waschbecken und wusch sich die Hände, als Aaron den steril wirkenden Raum betrat. Irritiert und verlegen fragte sie, ob er sich in der Tür geirrt habe und wurde sofort rot. Er antwortete nicht, doch er stellte seine Tasche ab, was ihre Verwirrung erhöhte.

Sein lüsterner Blick hätte sie erschrecken müssen, doch mit jedem Schritt, den er auf sie zumachte, ging sie einfach einen zurück. Als sie die kalte Wand im Rücken spürte, bekam sie doch eine gewisse Angst.

Sie versuchte, an ihm vorbeizukommen, doch er streckte nur den Arm aus und schleuderte sie zurück an die harten weißen Fliesen. Sein Parfüm stieg ihr in die Nase, eine maskuline Mischung aus Kiefernholz, Waldbeere und Rosmarin. Zu ihrer Bestürzung wurde sie erregt, doch in ihr stieg nun Panik auf. Er war viel zu stark, als dass sich Wehren gelohnt hätte, aber sie versuchte es trotzdem.

Mit Händen und Füßen stemmte sie sich gegen seine Umklammerung, doch sie konnte nicht mal schreien, weil seine große Handfläche ihren Mund vollständig bedeckte. Sie spürte seine Finger auf ihrem Busen und als er mit einem Ruck ihre Bluse zerriss, lief eine erste Träne über ihre Wange.

Gegen ihre Lendengegend drückte sich nun etwas Großes und Hartes. Aaron gab ihren Mund frei, zog aber mit der Hand so fest an ihrem Haar, dass sie bereitwillig den Kopf nach hinten warf und völlig vergaß zu schreien.

Als er den Schmerz in ihren Augen sah, lächelte er zufrieden. Innerhalb von Sekunden öffnete er ihrer beiden Hosen, entledigte sich dieser und als seine Finger ihre nasse Möse streichelten, fühlte er sich in seinem Handeln bestätigt.

Er drückte ihre Arme nach oben und ihre Beine auseinander, sodass sie wie ein X dastand. Sie wimmerte leise, als er in sie eindrang, doch es wurde ein lauteres Weinen daraus, als er seinen großen Schaft ganz in sie hineindrückte. Während er sich an dem engen Gefühl aufgeilte, starb ein Teil ihrer Seele mit jedem weiteren Stoß.

Melissa begab sich in eine rettende Leere, in der sie nichts mehr empfinden musste. In dem Moment als sein Atmen schwerer wurde, schaltete sie jegliche Emotionen ab. Der klebrige Erguss schoss in mehreren Schüben in ihre Vagina und erleichtert stellte sie fest, dass Aaron nun etwas von ihr abließ.

Als er versuchte, sie zu küssen, wendete sie

sich von ihm ab. Als Konsequenz kassierte sie eine gepfefferte Ohrfeige, die einen roten Abdruck hinterließ. Sie sank schluchzend auf dem Boden zusammen, während er sich in Seelenruhe wieder zurecht machte. Ganz entspannt verließ er die Damentoilette, ohne das verstörte Mädchen weiter zu beachten. Diese verkroch sich verzweifelt in eine der Kabinen und verriegelte die Tür. Aaron hatte bekommen, was er wollte. Als er am Bahnsteig ankam, fuhr gerade der Zug ein, den Melissa nun verpassen würde.

Das Opfer

Melissa saß wimmernd in einer Toilettenkabine. Sie hielt krampfhaft die zerrissen Bluse zusammen, während die Tränen ihre Wimpern-tusche verschmierten. Wieso hatte er ihr das angetan?
Sie hatte ihn an der U-Bahn-Haltestelle kennengelernt. Fünf Tage die Woche führte die gleiche Strecke in die Stadtmitte, in der beide arbeiteten. Es dauerte ein paar Wochen bevor sie erfuhr, dass Aaron in einer

Bank arbeitete. Er war etwas älter als sie, aber sehr gut aussehend, charmant, ohne übermäßig aufdringlich zu sein.

Ab und an unterhielten sie sich, aber sie zog meistens ein gutes Buch vor. Sie war furchtbar schüchtern und traute sich nicht, sich einzugestehen, dass sie diesen Mann mochte. Und männlich war er, fast schon unverschämt sexy. In der Nacht erwischte sie sich manchmal, wie sie von ihm träumte.

Sie stellte sich dann vor, wie sie über seinen festen Waschbrettbauch streichelte. Die kräftigen Arme, die sich um sie schlingen konnten und die weichen Lippen, die sie küssen wollte.

Ihre Fantasie war so anders als die Realität gewesen. Wie jeden Morgen hatte sie auf den Zug gewartet, war wie immer etwas zu früh. Die Bluse hatte sie extra für ihn angezogen, weil sie sich darin hübsch fühlte. Nun hing das Teil in Fetzen an ihr herunter. Ihr Unterleib schmerzte. Es konnte sein, dass sie blutete, aber sie wagte nicht, nachzusehen.

Sie hatte sich im Internet bereits männliche

Erektionen angesehen und konnte sich nicht vorstellen, wie diese großen Dinger lustvoll in sie eindringen sollten. Sie hatte keine Lust verspürt, als Aaron mit brachialer Gewalt seinen harten Schwanz in sie hineindrückte. Bis dahin hatte sie sich mit Händen und Füßen gewehrt, doch der Schmerz überwältigte sie.

In dem Moment war alles egal gewesen. Sie ließ sich von ihm ficken und ein Teil ihrer Seele starb unwiderruflich ab. Melissa konnte sich nicht vorstellen, einem Mann je wieder vertrauen zu können. Oder hatte sie es Aaron zu leicht gemacht? Nein, sie hatte neulich gelesen, dass das Opfer zu schnell sich selbst die Schuld gäbe.

Sie konnte nicht zulassen, dass das wieder geschehen konnte. Schließlich musste sie auch weiterhin mit der Bahn zur Arbeit fahren. Verdammt, sie würde zu spät kommen? Wie sollte sie das vor ihrem Chef rechtfertigen? Eigentlich müsste sie ins Krankenhaus gehen, denn er war in ihr gekommen. Sie hatte gerade erst ihre Ausbildung begonnen, da konnte sie sich eine

Schwangerschaft nicht leisten.

Außerdem könnte sie das Kind nicht lieben. Es würde sie immer wieder an diese schmutzige Szene erinnern. Ihr erstes Mal. So hatte sie sich das nicht vorgestellt. Konnte sie ihn anzeigen? Aber er war so stark! Er hatte sich so einfach genommen, was er wollte. Gab es für ihn Grenzen?

Sie wollte nicht irgendwo als vergewaltigte Wasserleiche enden. Die erst Wochen später gefunden wird. Das würden ihre Eltern nicht verkraften. Melissa ließ die Bluse los und strich sich die Strähne hinters Ohr, die immer wieder aus dem Zopf herausfiel. Mühsam erhob sie sich und die Magenkrämpfe ließen sie wieder zusammensacken.

Aaron stand wahrscheinlich bereits hinter seinem Schalter, befriedigt und von Macht berauscht, während sie hier wie ein Häufchen Elend saß und sich bemitleidete. Doch sie wollte sich dieser Genugtuung hingeben. Mit zitternden Händen zog sie ihr Smartphone aus der Tasche ihrer Jeans.

Ihre beste Freundin wohnte nicht weit von ihr. Sie schrieb ihr per Whatsapp, dass sie herkommen und ein Top für sie mitbringen solle. Dann rief sie bei der Polizei an, obwohl sie das unglaublich viel Überwindung kostete. Diese versprachen schnellstmöglich zur U-Bahn-Station zu kommen. Sie solle bleiben, wo sie ist.

Als Melissa auflegte, fragte sie sich, was für Konsequenzen das für Aaron haben würde. Seine schicken Anzüge würde er im Gefängnis nicht mehr brauchen. Aber würde es dazu überhaupt kommen? Sie hatte schon Filme gesehen, in denen der Täter den Spieß umdrehte und sich selbst als Opfer hinstellte. Konnte sie beweisen, dass sie ihn nicht irgendwie angemacht hatte?

Und wenn schon, das war noch lange kein Grund, sie derart brutal zu benutzen. Sie hatte ihn wirklich gemocht. Es ärgerte sie, dass sie auf seine Avancen derart hereingefallen war. Oder waren alle Männer so? Wie sollte sie lernen, das zu unterscheiden? Das würde auch eine Therapie nicht wieder gerade biegen können.

Eine bittere Erkenntnis

Es war an einem Freitag Ende August. Die Sonne brannte mir im Nacken, obwohl der Nachmittag schon fast vorüber war. Mein Elternhaus stand immer noch unerschüttert am Ende der Sackgasse. Ich hatte meinen silbernen BMW auf dem Grundstück der Nachbarn abgestellt, weil ich noch nie gut darin war, auf unserem Parkplatz wieder umzudrehen.

Der Wagen war noch ganz neu und ich war gespannt auf das Gesicht meines Vaters. Obwohl mein Vater vierzig Jahre lang bei VW gearbeitet hatte, entschied ich mich für die Konkurrenz. Bei dieser deutschen Firma hatte ich nach vielen Umwegen meine Ausbildung zum Fachinformatiker gemacht.

Ich kam gerade von einem zweijährigen Auslandsaufenthalt zurück und wollte meinen 40. Geburtstag mit meiner Familie feiern. Ich hatte die schwüle Hitze der ostfriesischen Spätsommer alles andere als vermisst.

Im Wintergarten, der zum Hintereingang führte, empfingen mich gefühlte vierzig Grad. Mit schnellen Schritten durchquerte ich diesen und atmete erleichtert aus als ich im halbwegs kalten Flur stand. Mein Hals war trocken und ich hoffte darauf, dass im Kühlschrank eine volle Flasche Punica stehen würde.

Als ich die Tür zum Esszimmer öffnete, hörte ich bereits den Fernseher in einer, für meine Ohren anstrengenden Lautstärke. Meine Mutter saß auf der Längsseite der Eckbank und schaute „Schlosshortel Orth". Es war eine ihrer Lieblingsserien, trotzdem war ich irritiert, denn bei diesem Wetter saß sie üblicherweise draußen auf ihrer Bank im Garten.

„Hi, Ma, was machst du denn hier drinnen?" Ich stellte meine Reisetasche vor der Heizung ab und ging zum Tisch, um sie zu begrüßen. „Hallo, Daniel", sagte sie während sie mich umarmte, „es ist zu warm draußen. Früher habe ich das geliebt, aber mittlerweile kann ich das nicht mehr ab. Diese schreckliche Hitze hält ja keiner aus."

Sie sprach mir aus der Seele, aber im Gegensatz zu ihr war ich noch nie ein Fan des Sommers gewesen. „Wo ist Papa denn?"

Ich lief in die Küche und öffnete den Kühlschrank. Verwundert blieb ich davor stehen. Neben der gewünschten Saftflasche stand eine Flasche Glühwein. Die hatten wir noch nie dort gelagert. „Papa ist arbeiten. Ist doch Spätschichtwoche!"

Ein Blick auf den Kalender zeigte, dass sie theoretisch recht hatte. Praktisch war mein Vater aber vor acht Jahren in Rente gegangen. Wahrscheinlich war sie von ihrer Serie so abgelenkt, dass sie über ihre Antwort gar nicht nachgedacht hatte.

Aus dem Schrank gegenüber griff ich mir ein großes Glas und goss es randvoll. „Möchtest du auch etwas trinken?", rief ich laut hinüber, aber ich bekam keine Antwort. Ich ging zurück ins Esszimmer und stieß fast mit meinem Vater zusammen: „Daniel! Du bist ja schon da. Hast du gut wieder hergefunden?" Wir umarmten uns herzlich, während ich lachend erwiderte: „Natürlich, so vergesslich bin ich noch nicht."

Seine gerade noch so fröhliche Miene verfinsterte sich: „Du vielleicht nicht." Er setzte sich an den Tisch, ergriff die Fernbedienung und stellte den Ton leiser. „Bei deiner Mutter sieht das leider anders aus."

Ich setzte mich auf das kürzere Stück der Eckbank und trank einen Schluck des eiskalten Saftes. „Wie meinst du das? Geht es ihr nicht gut?" Mein Vater blickte zur Flurtür, durch die meine Ma jederzeit zurückkommen konnte:

„Ach, Junge! Ihre Vergesslichkeit wird immer schlimmer. Es tut mir in der Seele weh, das mit anzusehen. Jetzt bin ich zu Hause und könnte mit ihr die schönsten Reisen machen. Doch sie will gar nicht mehr weg." Ich konnte sein Leid förmlich spüren und war fast dankbar, die große Liebe nie gefunden zu haben.

Durstig trank ich noch ein paar Schlucke: „Wie geht Leon damit um?" Papa drehte sich wieder zu mir und ließ die Schultern sinken: „Dein Bruder versteht das nicht. Er will auch weiterhin zu seinen festen Zeiten Essen auf dem Tisch sehen. Ich versuche mein Möglichstes, ihre Unzulänglichkeiten aufzufangen."

Die Klospülung wurde betätigt, jeden Moment würde sie zurückkehren. Vater machte den Fernseher wieder lauter: „Sie mag Veränderungen jetzt noch weniger als vorher." Beim Öffnen der Tür sah sie ihren Mann fragend an: „Na, hast du den Bösewicht im Garten erwischt?" Er lachte beschwichtigend: „Noch nicht, aber ich habe zwei weitere Fallen aufgestellt."

Sie setzte sich wieder auf ihren Platz: „Das wird schon. Ich muss jetzt weiter schauen. Das ist eine neue Folge." Die Serie wurde allerdings vor sechzehn Jahren eingestellt, aber ich verkniff mir den Kommentar. Wie sollte ich damit umgehen?

„Dann bringe ich erstmal meine Tasche ins Wohnzimmer, damit sie hier nicht im Weg rumsteht", sagte ich und griff mir den dunkelblauen Trolley. Doch als ich dort ankam, stand ich in einem Schlafzimmer.

„Wir haben umgebaut, kurz nachdem du nach

London gegangen bist", sagte mein Vater, der plötzlich hinter mir stand. „Ich spiele mit dem Gedanken, es rückgängig zu machen." Ich setzte mich unbewusst auf die Bettkante: „Wieso?" Er lehnte sich an die Wand und schlug die Arme ineinander: „Weil sie sowieso jeden Abend nach oben geht. Wenn ich versuche, ihr das zu erklären, eskaliert es grundsätzlich in einen Streit. Ich bin nur noch geschafft."

So vieles wollte ich ihm sagen, versuchen, seine Last ein wenig erträglicher zu machen. Doch kein Wort schien mir passend zu sein. Wir schwiegen gemeinsam und jeder ging seinen eigenen Gedanken nach.

Was konnte ich tun, um zu helfen? Nach diesem Wochenende wurde ich wieder in Hamburg erwartet. Dort war nun mein Zuhause. Aber konnte ich einfach so zurück? Mein Verstand appellierte an meinem Gewissen. Es war ein schwerer Weg gewesen, um so weit zu kommen. Mein Leben in der Großstadt hatte alles verändert, hatte mich verändert.

Nur zu gerne wollte ich helfen, aber besaß ich dafür überhaupt die passenden Mittel?

„Wie soll es denn nun weitergehen?", platzte es aus mir heraus. „Es wird ja nicht besser, nur schlimmer." Papa sah traurig zum Fenster hinaus und ich sah, dass er feuchte Augen hatte. „Ich weiß es nicht", flüsterte er.
Mein Magen zog sich zusammen. Mein Vater hatte immer einen Plan! So hilflos hatte ich ihn noch nie gesehen. „Ist sie sich denn der Krankheit bewusst? Habt ihr eine Diagnose vom Arzt?" In der Ausbildung hatte ich gelernt, Lösungen für ausweglose Situationen zu suchen. „Dann könntest du eine Pflegestufe beantragen und vielleicht von einem Pflegedienst Unterstützung bekommen."
Mein Vater löste sich von der Wand, setzte sich zu mir aufs Bett und legte die Hände in den Schoß. „Du kennst doch deine Mutter. Wenn es nicht lebensbedrohlich ist, sieht sie keinen Sinn darin zum Arzt zu gehen. Und ich kann sie nicht dazu zwingen, oder?"
Ich ließ mich zurückfallen und atmete den Duft frisch gewaschener Wäsche ein. „Ich fürchte, es wird der Moment kommen, an dem es unvermeidlich ist, die Verantwortung abzugeben." Ich schluckte. „Andererseits

habe ich mal gelesen, dass die Krankheit voran-schreitet, wenn die Person aus der gewohnten Umgebung gerissen wird."

Papa wollte gerade etwas erwidern, als er plötzlich innehielt: „Riechst du das auch?" Ich setzte mich wieder auf, als ich gleichzeitig den Rauch durch die geschlossene Tür kommen sah und den Rauchmelder hörte. Ein unbarmherziges Piepen, das mich sofort in Alarmbereitschaft versetzte.

Ich sprang auf und lief zurück zur Küche. Als ich die Tür öffnete, kam mir ein riesiger Schwall milchigen Qualms entgegen und ich begann sofort zu husten. Mein Vater lief geistesgegenwärtig an mir vorbei, öffnete die Fenster und schlug den Rauchmelder von der Decke.

Ich stellte den Backofen aus und drehte mich um, sodass ich meiner Mutter ins Gesicht schauen konnte. Ihre Augen waren vor Panik weit aufgerissen und eine wahre Flut aus Tränen lief über die aschfahlen Wangen. „Ich weiß doch, wie gern du abends Pizza isst. Aber ich habe wohl die Regler in die falsche Richtung gedreht und mir wollte gerade nicht

einfallen, wie man das Ding wieder ausstellt. Früher, bei unserem alten Ofen, war das ganz einfach." Und mit kratziger Stimme flüsterte sie: „Es tut mir leid."
Ich ergriff ihre rechte Hand und führte sie ins Esszimmer. Der Fernseher plärrte immer noch. Um meine Gedanken zu sammeln, brauchte ich Ruhe, daher schaltete ich das Gerät aus. Mein Vater hatte auch hier bereits die Fenster geöffnet, sodass der Rauch sich allmählich verzog. „So geht das nicht weiter", sagte Leon plötzlich und ich erschrak.
Unbemerkt war er, angezogen vom Piepen des Rauchmelders, aus seiner Oberwohnung hinunter gekommen und stand nun im Türrahmen. „Hallo, Bruderherz, schön dich zu sehen", sagte er wohlwollend und kam auf mich zu." Ich gab ihm nur die Hand, denn eine weitere Umarmung wäre mir in dieser Situation zu emotional gewesen. Dankbar spürte ich, dass es ihm nichts ausmachte.
„Fackelt Mama mal wieder die Küche ab?", fragte er mit ironischem Unterton in der Stimme. Ein direkter Blick von Papa ließ ihn

verstummen und ich entnahm dieser wortlosen Zurechtweisung, dass diese Situation nicht zum ersten Mal vorgekommen war.

Früher hätte meine Mutter aufgrund des unangebrachten Tonfalls ein klares Wort verloren, doch nun nahm sie es teilnahmslos hin. Das kannte ich nicht. Ich versuchte ihren Blick zu deuten, aber für mich sah er leer aus. Sie starrte ins Nichts.

Zu viert saßen wir am Tisch, schweigend, wie schon viele Male zuvor – und doch war alles anders. Meinen vierzigsten Geburtstag werde ich wohl nie vergessen. Aber kann ich mir dessen sicher sein?

Ferienwohnung mit Schuss

Der Bewegungssensor der Wohnzimmerkamera sendete einen Alarm an Hero Kraemers Rechner in dem Moment, als er das kochende Wasser über den Filter mit Ostfriesentee schüttete. Vor Schreck hätte er fast an der mit blauen Ornamenten verzierten Kanne vorbei geschüttet. Schnell setzte er den weißen Deckel darauf, damit das leckere Heißgetränk ziehen konnte und nahm ein Tablett samt Tasse und einer kleinen Schale Neujahrskuchen mit hinüber in sein Arbeitszimmer. Seine neuen Mieter waren früher als erwartet zurück gekommen, wahrscheinlich aufgrund des schmuddeligen Wetters. Ein Blick aus dem Fenster ließ Hero frösteln. Die Wolken hingen grau, mit ständig Regen androhenden Tropfen über dem tristen Himmel, und die nasskalte Luft veranlasste niemanden länger draußen zu verweilen. Stattdessen zog es den rüstigen Frührentner zurück zu seinem Computer. Sein ganzer Stolz bestand aus zwei mal drei Monitoren, auf denen sich wechselnde Kameraperspektiven zeigten, davor lag eine spezielle Multimedia-Tastatur für Videobearbeitung und daneben leuchtete eine durchsichtige Maus, die in einem fließenden harmonischen Übergang die Farben änderte.

Tag vier des jungen Pärchens hatte sich bisher recht langweilig gestaltet. Ausschlafen bis zehn, Frühstück vor dem Fernseher, nebenbei wurden die Nachrichten auf deren Tablets gecheckt, geredet wurde nicht viel. Gegen Mittag waren sie dann aufgebrochen. Der GPS-Peilsender, den Hero bereits am ersten Abend an der Unterseite der Karosserie des zwei Jahre alten Renault Megáne angebracht hatte, verbuchte drei längere Stopps.

Der erste war direkt am Deich gewesen, doch anhand der kurzen Dauer vermutete Hero, dass sie aufgrund der Ebbe das Wasser vermissten. Er hatte sich nicht die Mühe gemacht, den Gezeitenkalender zu beobachten. Danach führte der Weg nach Emden. Sie hatten sich das Otto-Huus angesehen, zumindest ergab das die Ortung eines der Smartphones.

Gute zwei Stunden verbrachten sie in dem

Museum, bevor sie zum Dollart-Center fuhren. Ein kleiner Einkaufsbummel, der laut Kreditkartenabrechnung stolze 172,76 Euro gekostet hatte. Mediamarkt, Esprit, Kaufland. Ob die hübsche Blondine sich in der Boutique wohl etwas Hübsches zum Anziehen gegönnt hatte? Die passenden Rundungen hatte sie jedenfalls. Unter der Dusche hatte sie eine gute Figur gemacht. Selbst die Interpretation von Madonnas ‚Like a prayer' hatte sich hören lassen.

Nun waren sie zurück. Hero konnte jeden Schritt verfolgen, vom Aufhängen der Jacken, das Ausziehen der Schuhe, wie sie in die Küche ging, um sich ein Glas Wasser einzuschenken, während er im Wohnzimmer die erstanden Sachen auspackte. Dadurch war der Alarm ausgelöst worden. Das Spionage-Equipment, das eine immense Summe gekostet hatte, machte sich mehr als bezahlt. Die Bilder wurden in HD-Schärfe übermittelt, der Ton kam in sattem Dolby surround daher.

Doch als Hero sich die erste Tasse Tee über einem großen Stück Kluntje einschenkte, dass es nur so knisterte, bemerkte er die gedrückte Stimmung, die in seiner Ferienwohnung herrschte. Mit einem winzigen Löffel ließ er eine kleine Menge Sahne in das dunkelbraune Getränk einfließen und verfolgte kurzweilig, wie sich das traditionelle Wölkchen bildete. Als der Mann plötzlich in der Küche auftauchte, entfachte er damit ein Streitgespräch:

„Musst du immer so viel Geld ausgeben? Es ist ein Wunder, dass wir überhaupt mit unser beider Einkommen über die Runden kommen." Sie konnte sehr zickig werden, das hatte Hero bereits in den letzten Tagen mitbekommen. Er dagegen ging sofort in die Verteidigungshaltung: „Was willst du denn? Gefällt dir der Rock nicht, den ich dir gekauft habe? Der wird an dir richtig scharf aussehen." Was auf den ersten Blick wie ein gutes Argument klang, entwickelte sich schnell zum Gegenteil:

„Dir geht es immer nur um Sex. Darum dreht sich dein ganzer Hohlkopf. Oder um deine ollen Ballerspiele. Musst du in unserem Urlaub wirklich ‚Grand Theft Auto 4' zocken?" Nachdem Hero den ersten leckeren

Schluck genommen hatte, zerbrach er eines der Neujahrskuchen und lehnte sich gemütlich zurück. Das konnte noch lustig werden. Gleichzeitig fragte er sich, was eigentlich ihr Problem war. Gestern Nacht hatte sie bereitwillig nach mehr geschrien, als der Freund es ihr ordentlich besorgt hatte. Dank der Nacht-aktiv-Kamera konnte Hero das jederzeit beweisen.

„Mein Job ist anspruchsvoll genug. Ich hab gar keine Lust, von Museum zu Museum zu latschen und die Nordseeküste ohne Wasser ist, zumindest im Winter, auch nicht gerade spektakulär." Wütend ging sie an ihm vorbei. Die Diskussion würde im Wohnzimmer weitergehen, daher wechselte Hero die Kameraeinstellung so, dass er auf einem Monitor beide im Profil sehen konnte und auf zwei anderen jeweils die Gesichter einzeln, um ja keinen Moment zu verpassen.

„Warum hast du dann nicht gleich alleine Urlaub gemacht, wenn dir sowieso alles zu viel ist und ich dir nur zur Last falle?" Ihr fehlte die Wahrnehmung dafür, dass sie an ihm hing wie eine Klette. Es gab nicht viele Sekunden Filmmaterial, in denen der junge Mann mal Zeit für sich allein gehabt hatte.

Sie stellte sich mit ihrem rot geschminkten Schmollmund ans Fenster und starrte aufs Norder Tief hinaus. Das grünliche Wasser bewegte sich kaum und auch auf der darüber führenden Brücke liefen nur vereinzelte Gestalten, die sich ihre Jackenkragen näher ans frierende Gesicht zogen. Auf dem vierten Bildschirm hatte Hero eine der öffentlichen Kameras eingeschaltet, sodass er ungefähr sehen konnte, was sie sah.

„Ich wollte mit dir hierher fahren, um zu sehen, ob sich das mit uns überhaupt noch lohnt." Kraftlos ließ er sich auf das türkisfarbene Sofa sinken. Frustriert griff er sich ein schwarzes Kissen, als sie sich abrupt zu ihm umdrehte: „Was soll das denn heißen? Hast du mich so satt? Gehe ich dir so sehr auf die Nerven?" Ihre Stimme überschlug sich lautstark, sodass Hero die Lautsprecher herunter regeln musste. Er trank seinen Tee aus und schenkte sofort nach. Warum konnte sie nicht auf ihn zugehen, anstatt ihn permanent anzukeifen? Das führte doch zu nichts.

Sie hatte das Spiel ihrer Beziehung längst verloren; er hatte einen verzweifelten Weg aus der Co-Abhängigkeit gesucht und mit Hero im Darknet einen resoluten Verbündeten gefunden. Während sie selig im Bett geschlummert hatte, konnte er genüsslich die Heckler & Koch säubern. Den Kameras war auch nicht der schwarze Schalldämpfer entgangen. Dank ihres fortschreitenden Gezeters wartete Hero nur darauf, dass der Mann in seiner Ferienwohnung in die Ritze zwischen Sitz und Lehne griff und die hübsche Pistole herausholte.

Mit Spannung biss der Rentner noch etwas von dem Neujahrskuchen ab und trank daraufhin die zweite Tasse Tee aus. Wie bei einer Realityshow starrte Hero auf die bewegten Bilder und hoffte auf ein gutes Finale. Er spürte, wie sein Blutdruck in die Höhe schoss, doch er ließ den Blick weiterhin gebannt auf seine Monitore.

Jeden Moment würde sie den Bogen endgültig überspannen und ihr eigenes Ende besiegeln.

Langsam griff die rechte Hand am Lehnenrand hinunter; Hero schaltete den Zoom ein, denn er wollte ihren Gesichtsausdruck auf keinen Fall verpassen. Als der Mann das schwarze Schmuckstück zückte, verstummte sie mit einem Mal. „Ha!", dachte Hero grinsend, „Endlich hält sie mal die Klappe. Leider zu spät."

Mit dem tödlichen Schuss drang die Kugel hinten heraus durch ,durch die üppige Brust und verteilte auf der weißen Wand einen ordentlichen Schwall Blut, bevor die Furie tot zu Boden sank. Als Vermieter machte sich Hero darum keinen Kopf. Im Keller des Hauses wartete Spachtelmasse für das Einschussloch als auch jede Menge weißer Farbe.

Sein Mieter hatte sich wunderbar an die Regeln gehalten. Er hatte satte Unterhaltung geboten und die Spannung bis zum Schluss aufrecht erhalten. Hero freute sich schon darauf, dem jungen Mann auf die Schulter zu klopfen und ihm die Hälfte der Kosten zu erlassen. So läuft das nämlich bei der „Ferienwohnung mit Schuss".

Toilettengeflüster

Der Unterricht bei Frau Krabowski langweilte ihn. Kay fühlte sich unterfordert, auch wenn seine Noten eine andere Geschichte erzählten. Er lernte während des Arbeitens alles Notwendige, das er im Alltag eines Koch benötigte. Dieser ganze theoretische Mist wirkte auf diesen jungen Mann mehr als überflüssig. Obwohl er sonst in der ersten Reihe saß, fand er sich während der Mathematik-Arbeit über Mischverhältnisse in der letzten Reihe wieder. Eine Entscheidung seiner Klassenlehrerin, die er nicht infrage stellen wollte.

Die zehn Textaufgaben hatte er bearbeitet und ihm stand nicht der Sinn danach, seine Ergebnisse noch drei Mal nachzurechnen. Seine Blase drückte und er ärgerte sich, dass er in der Pause davor einen Becher Kaffee und eine kleine Flasche Mineralwasser ausgetrunken hatte. Nun rächte sich sein Harndrang dafür und nach einer höflichen Frage, ob er zur Toilette gehen durfte, wurde stattgegeben, nachdem er seine Arbeit abgegeben hatte.

Leise verzog er sich aus dem stickigen Klassenraum und vergaß beim Hinausgehen, die Tür mit dem Knauf auf der Außenseite nur anzulehnen. Rücksichtslos senkte sich die Metallnase in das für sie vorgesehene Loch. Wenn er zurückkam, musste er nun klopfen und damit seine Kollegen beim Denken stören. Mit einem schlechten Gewissen ging er durch den Flur und lief schnell die wenigen Stufen hoch, die zur Pausenhalle führten. Mit einem Ruck riss er die Holztür auf, die ihn von den sechs Pissoirs an der rechten Innenwand trennten.

Er lief zum Ende des Raumes und wählte das letzte Urinal, stellte sich direkt davor und öffnete den Reißverschluss seiner schwarzen Cargohose. Er griff mit der rechten Hand in seine blau-rot karierten Boxershorts, zielte in die Mitte der horizontalen Fläche und als der befreiend goldgelbe Strahl seinen Druck nahm, öffnete sich die Toilettentür erneut. Ohne darüber nachzudenken, drehte er den Kopf nach rechts und erblickte eine nur allzu bekannte Gestalt.

Innerlich seufzte Kay genervt auf, als sein Mitschüler näher kam und das vorvorletzte Pissoir ansteuerte. Das mahagonifarbene in das Gesicht gekämmte Haar verdeckte nicht annähernd den lüsternen Blick, den er über Kays drahtigen Körper wandern ließ. „Wird das jetzt zur Gewohnheit, Diego?" Die samtig dunkle Stimme dröhnte im sonst leeren Raum und statt einer Antwort bekam der groß gewachsene Mann nur ein freches Grinsen entgegengebracht.

„Ich hab' echt kein Bock, dass du mir hier jedes Mal auf den Schwanz starrst!" Anscheinend hatte Kay den richtigen Nerv getroffen, denn der knabenhafte Koch-Azubi mit den großen dunklen Reh-Augen errötete und öffnete nun seinerseits die hautenge Bluejeans, wie um zu beweisen, dass er tatsächlich nur zum Wasserlassen anwesend war. Obwohl daraufhin ein kräftiger Strahl auf das weiß glänzende Porzellan traf, ließ sich Kay in seinem Ärger nicht beirren.

„Wie oft muss ich dir noch sagen, dass ich nicht auf Kerle stehe? Und wenn ich es würde, dann bestimmt nicht auf solche Emo-Bubis wie dich." Als er sein Equipment wieder gut verpackt hatte und den Reißverschluss hochzog, fiel sein Blick zufällig auf das beste Stück seines Stalkers. Verwundert stellte er fest, dass dessen Größe bei weitem mächtiger war, als er aufgrund der schmalen Figur vermutet hätte.

Als er leicht beeindruckt an Marvin vorbeigehen wollte, vernahm er dessen überdurchschnittlich hohe Stimme: „Du weißt, dass du dich selbst belügst." Kay blieb abrupt stehen, atmete tief ein, um den Drang zu widerstehen, diese feminine Schwuchtel gewaltsam gegen die Wand zu drücken. „Wie lange willst du dieses Spiel noch durchhalten? Niemand nimmt dir dein Pseudo-Hetero-Verhalten ab."

Was bildete sich dieser Manga-lesende Fatzke eigentlich ein? Glaubte der wirklich, er kenne Kay besser als dieser sich selbst? Ohne darüber nachzudenken stellte sich der hellblonde Hüne hinter seinen Mitschüler, schnaubte vor Wut und senkte seinen Kopf herab, um den um einiges kleineren Diego ins Ohr zu flüstern: „Treib es nicht zu weit oder du lernst mich richtig kennen!" Bevor er sich versah, lehnte sich der smarte Jüngling nach hinten, sodass dessen Kopf sanft auf Kays flacher Brust landete: „Ist das ein Versprechen?"

Obwohl in seinem Inneren alle Gefühle gegeneinander rebellierten, stieg Diegos Parfum in Kays Nase und diese starke Mischung aus Vanille, Rose, Myrrhe, Rosmarin und rosa Pfeffer setzten in seinem Körper etwas frei, dass vielleicht schon viel zu lange gefesselt geschlummert hatte. Anstatt ihn von sich wegzustoßen, glitten Kays Hände intuitiv um den Oberkörper seines Vordermannes und plötzlich hoffte er nur noch, dass niemand anderes zur Toilette musste.

Es fühlte sich an, als hätten seine Triebe seinen Verstand auf stand by gesetzt. Seine Lippen fuhren sanft über Diegos weiche alabasterweiße Haut. Dessen Hände griffen bewusst nach hinten und fanden ein mehr als hartes, nach vorne drückendes Ziel. Doch genau in dem Moment hörten sie Geräusche vor der Tür und als hätte sich sein Gehirn plötzlich wieder eingeschaltet, rückte Kay, wie vom Blitz getroffen, von Diego ab. „Lass mich einfach in Ruhe!", schrie er fast schon, wandte sich ab und lief zum Waschbecken.

Er wusch sich mit Gewalt und viel Seife das gerade Erlebte von den Fingern und verschwand aus der Toilette, ohne sich noch einmal umzublicken. Noch gerade rechtzeitig hatte er sich wieder unter Kontrolle bekommen. Er war doch nicht schwul. Nur weil Diego das gerne hätte. Wäre ja noch schöner. Die wenigen Stufen wieder hinunter, vorsichtig an die Tür klopfen, warten, bis jemand ihm aufmachte.

Ohne sich etwas anmerken zu lassen, nahm er die innere Türklinke in die Hand, als die autoritäre Stimme seiner Klassenlehrerin ertönte: „Nicht zumachen, denke an Diego!" Genau das wollte er versuchen, zu vermeiden.

Toilettengeschichten 2

Die Mathematik-Arbeit bei Frau Krabowski war für Diego keine Herausforderung. Er hatte sich gut darauf vorbereitet und so konnte er weit vor Unterrichtsende seine Ergebnisse abgeben. Er hatte sich nicht umsonst beeilt. Sein Blick fiel immer wieder in die letzte Reihe. Er ignorierte die leisen Monologe der Klassenlehrerin und immer, wenn sein lüsterner Blick an Kay hängenblieb, machte sein Herz einen kleinen Satz.
Wie konnte jemand nur so heiß sein und nichts davon wissen? Sein Mitschüler benahm sich immer höflich, zuvorkommend, nahm sich gerne den einen oder anderen frechen Scherz heraus, doch mit seiner charmanten Art kam er mit allem durch. Niemand konnte ihm böse sein. Vor allem Diego nicht. Dabei war er bereits mehrere Male mit seinem Klassenkameraden aneinander gerasselt.
Kay kam partout nicht mit damit klar, dass der smarte Schwule ihm Avancen machte, verleugnete jegliche homophile Neigung und

beharrte standhaft darauf, heterosexuell zu sein. Diego konnte bei dem Gedanken nur grinsen. Jedes Mal, wenn er den attraktiven Blondschopf anschaute, klingelten bei ihm sämtliche Alarmglocken. Er wusste auch von einigen Berufschulkollegen, die seine These unterstützten.

Dann gab Kay plötzlich seine Arbeit ab und fragte danach, ob er zur Toilette gehen dürfte. Diego selbst spürte den Drang, dorthin zu gehen, hatte er doch die gleiche Menge Flüssigkeit getrunken und wollte die kommende Chance nicht ungenutzt lassen. Eine erneute Konfrontation würde vielleicht endlich diesen emotionalen Knoten platzen lassen, auf den er so sehnlich hoffte.

Die Tür war gerade erst wieder ins Schloss gefallen, als der brünette Emo leicht trippelnd fragte, ob er ebenfalls zur Toilette verschwinden dürfte. Schließlich hatte er längst abgegeben. Frau Krabowski warf daher unbedacht ihr langes schwarzes Haar nach hinten und erwiderte lächelnd: „Aber sicher doch." Das ließ Diego sich nicht zweimal sagen. Blitzschnell stand er auf, blickte mit hochgezogenen Mundwinkeln zu Nika, die noch grübelnd über den Textaufgaben gebeugt war und beim Hinausgehen nahm er noch Jojos Blick wahr, die mit hoch gezogenen Augenbrauen den Kopf schüttelte.

Diego ignorierte diesen Tadel und ging zur Tür hinaus. Obwohl er diese nur anlehnen wollte, besaß seine Motivation anscheinend zu viel Schwung, denn mit einem Lauten „Klack" fiel der Metallmund in das dafür vorgesehene Loch. Das Klopfen blieb unvermeidlich. Seine kleinen Füße liefen geschwind die Treppe hoch, doch vor der Toilettentür hielt er noch einmal inne. Diego rückte sein Shirt zurecht, überprüfte den korrekten Sitz seiner Bluejeans und zog sich die geglätteten Strähnen noch tiefer ins Gesicht.

Dann drückte er die Klinke hinunter und sah Kay an der gewohnten Stelle. Das letzte Pissoir hinten an der Wand. Er kannte das vor sich liegende Bild bereits. Beige Wände, weiße Porzellan-Urinale und ein menschlicher Halbgott in schwarz davor. Diese dunkle Farbe in der Klamottenwahl war nur eine der vielen Gemeinsamkeiten, die Diego klar erkannt hatte und die Kay immer noch vehement verweigerte.

Um nicht zu unverschämt zu wirken, wählte die bekennende Schwuchtel das drittletzte Pinkelbecken, um eine gewisse Distanz zu wahren. Allerdings konnte er nicht vermeiden, dass sein Blick nur allzu offensichtlich alles von Kay wahrnahm, was er zu Gesicht bekam. Er konnte sich an diesem Typen einfach nicht satt sehen, so gerne er das auch manchmal wollte.

So viele Male hatte er sich vorgestellt, wie es wäre, wenn Kay endlich zur Vernunft käme und all das mit ihm machen würde, was er sich in unzähligen Träumen bereits vorgestellt hatte. „Wird das jetzt zur Gewohnheit, Diego?", riss der hübsche Emder ihn aus seiner erotischen Gedankenwelt. Er wollte sich ein Grinsen verkneifen, doch gehorchten ihm seine Gesichtsmuskeln nicht. „Ich hab' echt kein Bock, dass du mir hier jedes Mal auf den Schwanz starrst!" ‚Was stört dich denn daran?', dachte Diego. Er ist doch so wohlgeformt und macht Lust auf mehr! Was würde er darum geben, diesen endlich einmal erstarrt zu sehen? Ihn in den Mund zu nehmen, zu verwöhnen, das Abspritzen zu erleben. Diego musste sich sehr konzentrieren, um selbst keinen Ständer zu bekommen, damit er tatsächlich urinieren konnte.

Zufrieden floss sein flüssiges Abfallprodukt in den dafür vorgesehenen Rinnsal, während Kay sein bestes Stück leider wieder wegpackte. „Wie oft muss ich dir noch sagen, dass ich nicht auf Kerle stehe? Und wenn ich es würde, dann bestimmt nicht auf solche Emo-Bubis wie dich." Diego kniff die schmalen Lippen aufeinander. Sollte er wieder eine Pleite hinnehmen? Er begriff natürlich, dass Kay damit versuchte, ihn zu verletzen, in der Hoffnung, er würde von ihm ablassen. Doch stattdessen ergriff eine enttäuschte Wut von ihm Begriff: „Du weißt, dass du dich selbst belügst."

Während er als Linkshänder sein bestes Stück weiterhin in dieser Hand hielt, stellte er die Lebensweise seines Begehrten in Frage: „Wie lange willst du dieses Spiel noch durchhalten? Niemand nimmt dir dein Pseudo-Hetero-Verhalten ab." Plötzlich blieb Kay direkt hinter ihm stehen, beugte sich zu seinem Ohr hinunter und die folgende leise Stimme, die ihm eine Gänsehaut verursachte, flüsterte: „Treib es nicht zu weit oder du lernst mich richtig kennen!" Auf so einen Satz hatte Diego nur sehnsüchtig gewartet. Nichts wollte er mehr, als diesem Adonis von Mann zur Verfügung zu stehen: „Ist das ein Versprechen?"

Ohne darüber nachzudenken, ließ er sich nach hinten fallen und die entstehende Nähe fühlte sich dermaßen gut an, dass Diego nicht im Traum daran dachte, von Kays Seite zu weichen. Zu seiner Verwunderung musste er das auch gar nicht, denn dieser reagierte endlich so, wie er sich das seit fast drei Jahren erträumte. Plötzlich spürte er dessen Hände auf seiner Hüfte, dessen Lippen auf seiner Haut und ertastete mit seinen Händen noch etwas ganz anderes – sehr hart, groß, viel versprechend. Doch genau in dem Moment hörten sie Geräusche vor der Tür und bevor Marvin registrieren konnte, was passierte, entschwand Kay dieser Situation genauso schnell, wie es dazu gekommen war.

Der dazu gekommene Toilettenbesucher war völlig unscheinbar. Diego wusch sich schnell die Hände und wollte dieser Szene eiligst entschwinden. Vor dem Spiegel entdeckte er, dass seine angeschwollene Beule noch nicht verschwunden war, daher wartete er noch einen Moment, bevor er die wenigen Stufen hinabstieg.

In seinem Verstand drehte sich alles. Auf der einen Seite hatte er endlich erreicht, was er schon so lange ans Tageslicht bringen wollte. Gleichzeitig wurde er vollkommen unbefriedigt zurückgelassen und er fühlte sich gedemütigt. Wollte er Kay weiterhin verteidigen oder verteufeln? Sollte er seinen Mitschülern reinen Wein einschenken und sie weiterhin in trüber Dunkelheit über die Wahrheit philosophieren lassen?

Als Diego an der Klassentür wieder ankam, stand diese offen. Er musste nicht klopfen. Hatte Kay ihm bewusst die Tür offen gelassen?

Vom Film „Torus" zum mathematischen Torus

Als ich wissen wollte, was um 20:15 Uhr für Filme an einem Montag laufen, stieß ich beim Sender Tele5 auf den Titel „Torus – Das Tor in eine fremde Welt". Ich überflog die Inhaltsangabe und sofort war mir klar: Den muss ich schauen! Das könnte Material für eine neue Geschichte sein.

Allerdings war mir sehr wohl bewusst, dass der besagte Sender gerne älteres Material benutzte und häufig richtig schlechte Low-Budget-Produktionen ausgestrahlt wurden. Ich ließ mich trotzdem darauf ein, denn ich dachte mir: Selbst wenn die Drehbuchautoren ins Klo gegriffen hatten, konnte ich es nur noch besser machen.

Mit offener Neugier setzte ich mich vor den Fernseher – etwas, dass ich normalerweise um diese Uhrzeit nicht konnte, denn wenn ich nicht gerade Urlaub oder frei hatte, arbeitete ich abends. Nun nutzte ist diese Ausnahme und sah dabei zu, wie in dem kleinen Land Bhutan eine riesige schwarze

Wand auftat, die wie ein umgedrehtes Dreieck wirkte und damit jeglicher Schwerkraft trotzte.

Mit einigem Amüsement erfreute ich mich über das schnelle Tempo der Story. Was die Wissenschaftler mithilfe des amerikanischen Militärs innerhalb eineinhalb Stunden heraus-fanden, war nicht nur unglaublich, sondern auch so herrlich hanebüchen und an den Haaren herbeigezogen, dass ich hier ein paar Fakten nennen muss: dieses bizarr aussehende Objekt konnte nicht nur heilen, sondern auch Tote wieder zum Leben erwecken, war außerirdischen Ursprungs, über vier Milliarden Jahre alt und es hatte ein einfaches, wenn auch konsequenzenreiches Ziel: die Erde zu „reterraformieren". Einmal alles Leben auf der Welt vernichten und dann die Evolution neu starten.

Das Ende des Films war so enttäuschend wie die mehr als dürftige Umsetzung der eigentlich sehr interessanten Grundidee: Im Innern des Torus wird eine Atombombe aktiviert, das Objekt absorbiert die Explosion und zerfällt in tausend Stücke.

Ich blieb mit unendlich vielen Fragen zurück und während ich den Fernseher ausschaltete, denn ich wollte das schlechte Niveau nicht weiter ausreizen, kam mir ein lustiger Gedanke: Google doch mal, ob es den Begriff ‚Torus' tatsächlich gibt oder ob sich die Filmemacher den Titel ausgedacht haben. Nein, das gab es wirklich – direkt der erste Eintrag kam von Wikipedia und in meiner Neugier klickte ich darauf, nicht ahnend, was ich damit losbrechen würde.

„Ein Torus ist ein mathematisches Objekt aus der Geometrie und Topologie. Es wird definiert als eine wulstartig geformte Fläche mit einem Loch und besitzt die Gestalt eines Rettungsrings, eines Reifens oder eines Donuts." Das konnte ich mir durchaus vorstellen, denn die Beispiele empfand ich als plastisch und greifbar.

Dann las ich etwas weiter und erfuhr, dass man einen sogenannten Rotationstorus erhält, „indem man einen Kreis um eine Achse rotieren lässt, die in der Kreisebene liegt und den Kreis nicht schneidet". Das verlangte von mir schon etwas mehr

Vorstellungskraft, doch es klang mit dem vorliegenden Bild eines Reifens trotzdem logisch. Ich verstand auch sofort, dass man einen Torus mithilfe eines Parallelogramms konstruieren konnte. Man legt die Längsseiten zusammen und schiebt die so entstehende Rolle zusammen.

Dann stieß ich auf die Gleichung, mit der man einen Torus darstellt: Klammer auf, Wurzel aus x^2+y^2 minus Groß-R, Klammer zu, im Quadrat plus z^2 gleich klein-R hoch zwei. Das große R steht für den Radius in der Kreisebene, währen das kleine R für den Radius im Inneren des Reifens steht. Soweit so gut. Doch nun stieß ich auf einen Begriff, mit dem ich nichts anfangen konnte: „Ein Torus kann unter bestimmten Umständen eine Lie-Gruppe sein". Ich las zuerst ‚Lie-Gruppe' auf englisch, also Lügengruppe und dachte: Das kann ja nicht sein! Das ergibt keinen Sinn. Der Begriff war blau unterlegt, also gab es dazu eine weiterführende Verlinkung. Mit einem Schulterzucken klickte ich darauf und erfuhr nun, dass „eine Lie-Gruppe als differenzierbare Mannigfaltigkeit aufgefasst werden kann, sodass die Gruppenverknüpfung und Inversenbildung kompatibel mit dieser glatten Struktur sind." Diese Gruppen wurden im Jahre 1870 vom norwegischen Mathematiker Sophus Lie zur Untersuchung von Symmetrien in Differentialgleichungen ein-geführt. Ja, nee, ist klar! Oder eben auch nicht. So klickte ich auf den nächsten Link und fand folgte Erklärung: „Die differenzierbare Mannigkfaltigkeit ist der Oberbegriff für Kurven, Flächen und andere geometrische Objekte, die – aus der Sicht der Analysis, lokal aussehen wie ein euklidischer Raum". Okay, das machte es für mich greifbarer. Dank guter Mathelehrer wusste ich, dass ein Raum an sich nach mathematischer Definition den Zusatz ‚euklidisch' bekam und damit als allgemeine Bezeichnung für Räume galt.

Ich ging zurück zur Torus-Seite und las nur Augenblicke später folgende Formulierung: „Ein Torus kann durch einen Homöomorphismus verändert werden." What? Ich kannte aus der Medizin den Begriff Homöopathie, aber das hatte partout nichts mit Mathematik zu tun.

Das Wortschnipsel ‚morph' assoziierte ich sofort mit diesen Wackelbildern. Durch kippen veränderte sich die Szene zu einer komplett anderen. Mir fielen auch einige Musikvideos ein, die sich mit ähnlicher Technik in mein Gedächtnis gebrannt hatten. Ich konnte es nicht lassen und so drückte ich mein Finger auf dieses merkwürdige blaue Wort und bei der folgenden Definition klang es dann wieder völlig logisch: „Es bezeichnet eine bijektive, stetige Abbildung zwischen zwei topologischen Räumen, deren Umkehrabbildung ebenfalls stetig ist. Anschaulich kann man sich einen Homöomorphismus als Dehen, Stauchen, Verbiegen, Verzerren eines Gegenstandes vorstellen. Beispielsweise lässt sich eine Kreisscheibe damit in ein Quadrat überführen oder umgekehrt." Warum denn nicht gleich so? Ein Torus kann also durch Verzerren oder ähnliches in eine andere Form überführt werden. Ist doch gar nicht so schwer! Aber ein Zusatz ließ mich aufhorchen: „Ein Homöomorphismus ist nicht zu verwechseln mit einem Homomorphismus!" Nicht? Okay, man kann sich denken, dass ich den Unterschied nun wissen wollte. Als Homosexueller interessierte es mich brennend, ob man uns durch einen Homomorphismus vielleicht doch verändern konnte. Die zum Glück ernüchternde Antwort: Nein! Hierbei handelte es sich „um Abbildungen, die eine (oft algebraische) mathematische Struktur erhalten bzw. damit verträglich sind. Ein Homomorphismus bildet die Elemente aus der einen Menge so in die andere Menge ab, dass sich ihre Bilder dort hinsichtlich der Struktur ebenso verhalten, wie sich deren Urbilder in der Ausgangsmenge verhalten."

Ich ließ das eine Zeitlang verhallen. Wie sollte ich das sinnvoll erklären, damit es verständlich ist? Dann fiel mir mein Layout-Programm Scribus ein: Wenn ich dort die Taste S drücke, kann ich auf einem Blatt ein viereckiges Objekt entstehen lassen. Farbe, Form und Beschaffenheit kann ich manuell bestimmen. Wenn ich damit zufrieden bin, habe ich das Urbild. Wenn ich dieses Objekt nun kopiere und woanders wieder einfüge, sieht das Kopierte, das Abbild exakt genau so aus wie mein Original. Zur Wiederholung: Die Elemente aus der einen Menge werden so in die andere Menge abgebildet, wie sich deren Urbild verhalten hat.

Obwohl ich bereits an meiner Aufnahmefähigkeit zweifelte, fand ich noch eine spannende Sache über die Tori, der Plural von Torus, heraus. Ich erwähnte bereits, dass die Abbildungen stetig sind, daher kann es sein, dass diese eine Fourierreihe bilden. Nun fragte ich mich seufzend, was denn nun wieder Fourierreihen sind? Der französische Mathematiker und Physiker Jean Baptiste Joseph Fourier entwickelte mithilfe seiner Mentoren Lagrange, Laplace, Euler und Bernoulli eine eigene sehr umfassende Theorie. „Als Fourierreihe bezeichnet man die Reihenentwicklung einer periodischen, abschnittsweise stetigen Funktion in einer Funktionenreihe aus Sinus- und Kosinusfunktionen. Die Basisfunktionen bilden dabei ein bekanntes Beispiel für eine Orthogonalbasis. Im Rahmen der Theorie der Hilberträume werden auch Entwicklungen nach einem beliebigen vollständigen Orthogonalsystem als Fourierreihe bezeichnet."

Zur Erinnerung aus der Schulzeit: „Zwei Geraden oder Ebenen nennt man orthogonal, wenn sie einen rechten Winkel, also einen Winkel von 90° einschließen. Weiterhin heißen zwei Vektoren zueinander orthogonal, wenn ihr Skalarprodukt null ist. Daher ist eine Orthogonalbasis oder ein vollständiges Orthogonalsystem eine Menge von Vektoren aus einem Vektorraum mit Skalarprodukt, welche auf die Länge eins normiert und zueinander orthogonal sind und deren lineare Hülle dich im Vektorraum liegt."

Nun musste ich mir noch noch ins Gedächtnis holen, was ein Skalarprodukt war, damit ich danach die Definition des Hilbertraumes verstehen konnte. „Das Skalarprodukt ist eine mathematische Verknüpfung, die zwei Vektoren eine Zahl (Skalar) zuordnet. Es ist Gegenstand der analytischen Geometrie und der linearen Algebra; historisch wurde es zuerst im euklidischen Raum eingeführt."

Mit dieser Grundvoraussetzung wurde es nun schon verständlicher, dass „ein Hilbertraum ein Vektorraum über dem Körper der reellen

oder komplexen Zahlen ist, versehen mit einem Skalarprodukt, der vollständig ist bezüglich der vom Skalarprodukt induzierten Norm. Benannt ist dieser Raum nach dem deutschen Mathematiker David Hilbert, der in Göttingen als Professor lehrte."
Ihr kommt nie darauf, wer dort sein Nachfolger wurde – kein geringerer als Sophus Lie!

Ich weiß nicht, ob ich Euch mit meinem Enthusiasmus anstecken konnte, aber ihr versteht vielleicht, dass es sich lohnen kann, eine wulstartig geformte Fläche mit einem Loch genauer zu betrachten und hinter die Fassade zu schauen. Anders ausgedrückt: Manchmal muss man einen schlechten Film auf Tele5 schauen, um sich selbst weiterzuentwickeln. ;-)

Ein unvergesslicher Freitag

Daniel versuchte, seine Gefühle unter Kontrolle zu halten, während er die steilen Stufen zum Jameson's Pub hinunter ging. Um sich sicherer zu fühlen, hatte er seine Kutte übergezogen, wie eine schützende Rüstung, die jegliche Unsicherheit verbergen sollte.

Die laute Rockmusik dröhnte bereits die Treppe hoch und empfing den neuen Gast mit guter Laune und ein wirres Stimmengewirr zeugte von einer Menge Leute. Bevor er durch die schwarze Schwingtür ging, atmete Daniel noch einmal tief ein und wieder aus, dann stürzte er sich ins Getümmel. Er ließ seine ozeanblauen Augen durch den Raum gleiten. So voll, wie er dachte, war es gar nicht, aber die tief hängende blutrote Decke erzeugte leichte Beklemmung und dadurch fühlte es sich so an, als ob jede weitere Person zu viel sein würde.

Bevor der junge Mann auch nur einen weiteren Schritt machen konnte, hing bereits ein blond gefärbtes Mädel an ihm dran und begrüßte ihn überschwänglich: „Da bist du ja endlich! Wo hast du nur gesteckt?" Nadjas krassrot geschminkte Lippen drückten ihm einen Kuss auf die Wange und wie alle in seinem Freundeskreis konnte sie den Drang nicht unterdrücken, durch seinen mittelblonden Kinnbart zu streifen. Ihre gute Laune war ansteckend und so konnte er ein Lächeln nicht unterdrücken: „Ich bin aufgehalten worden. Tut mir Leid. Was trinken wir denn?" Nadja hielt ihm ohne zu zögern ihre Havanna Club-Cola hin und ließ ihn davon trinken.

„Du hast ja schon wieder neue Elemente auf deiner Kutte", bemerkte sie, als sie ihren Blick über seine breiten Schultern wandern ließ. Ihre zarten Fingerspitzen strichen behutsam über die metallenen Stachelspitzen, die sich mit seinen Nackenmuskeln bewegten, als wären sie lebendig. Daniel wusste, dass sie in ihn verliebt war, seit die Pubertät sie erreicht hatte. Doch sein Herz gehörte jemand anderem. Nur würde er das niemals zugeben.

An der Bar entdeckte er Hendrick, der in seiner üblichen Musikmanie die Tasten des Laptops glühen ließ und mit jeden weiteren Song den Saal weiter einheizte. Daniel kämpfte sich zu ihm durch und wunderte sich nicht, vor dem DJ ein Glas Whiskey und eine Whiskey-Cola vorzufinden. Sein Nerd-Kumpel war wohl der Einzige, der es cool fand, Scotch und Bourbon gleichzeitig zu trinken. Erstaunlicherweise konnte er mit dieser Getränkemischung den ganzen Abend durchhalten und half den Bardamen morgens trotzdem noch beim Aufräumen.

Daniel wurde auch hier herzlich begrüßt und nach der Umarmung dauerte es nicht lange, bis die Musik dunkler wurde. Mit seinem genialen Feingefühl hatte Hendrick innerhalb von zwei Songs von Classic Rock zu Nu Metal gewechselt. Nadja stürmte hinter die Theke und in Windeseile hatte sie ihm einen Drink gemixt, der ihrem eigenen sehr ähnelte. Als er probierte, zwinkerte sie ihm kokett zu und er merkte, dass sie die doppelte Menge Havanna Club hinein getan hatte. So mochte er den Longdrink am liebsten.

Als sie wieder die Rolle eines Gastes annahm, ging sie ganz dicht an ihm vorbei und obwohl es wie ein Flüstern wirken sollte, musste sie aufgrund der lauten Musik trotzdem schreien: „Mein Bruder ist übrigens dort hinten." Sie zeigte mit ihrem schwarz lackierten Fingernagel auf die hintere Ecke des Raumes. Als hätte er die Aufmerksamkeit gespürt, drehte Anton seinen Kopf in ihre Richtung. Daniels Körper tat plötzlich widersprüchliche Dinge. Obwohl sich sein Puls beschleunigte, hatte er das Gefühl, dass sein Herz bald stehen bleiben würde. Seine Muskeln verkrampften sich, gleichzeitig fiel seine Unsicherheit von ihm ab. Er begann zu schwitzen, trotzdem liefen ihm Kälteschauer über den Rücken.

Er wollte zu seinem besten Freund rennen, stand aber wie paralysiert am Tresen. Obwohl er in schnellen Schlucken sein Glas austrank, fühlte sich seine Kehle trocken an. Sein Verhalten war komplett irrational. Zu seinem Unbehagen sah er, wie Anton aufstand und auf ihn zukam. Und die Musik änderte sich; Hendrick hatte anscheinend entschieden, dass er sein Nicht-Metal-Publikum nicht weiter quälen konnte und wechselte zu sanfteren Klängen. Das Lied „5 minutes 2 midnight" der Band „Boys like girls" begann und als Daniel auf die Uhr sah, musste er grinsen. Auf die Minute genau. Der DJ beherrschte sein Handwerk.

Unbewusst hatte er beim Refrain begonnen, mitzusingen und er war nicht der einzige. Anton sang auch mit und sein starker Tenor drang melodiös durch den ganzen Saal. Bei der Textstelle „Coming home with you tonight" musste Daniel schmunzeln. Unzählige Male war er schon bei seinem Kumpel zu Hause gewesen, aber die anzügliche Absicht dieser Songzeile hatte dabei noch nie eine Rolle gespielt. Er fragte sich, wann sich das bei ihm geändert hatte. Als Nächstes lief „Here without you" von Three doors down und es hätte nicht passender sein können.

Anton hatte sich erfolgreich durch die Menge gekämpft und stand nun vor dem Mann, der ihn sein Leben lang begleitet hatte, mit dem er gefeiert, gelacht, manchmal auch geweint hatte. Tief empfundener Respekt mischte sich mit der Freude, ihn wieder bei sich zu haben. Als sie die Arme umeinander schlossen, fühlte Daniel hauptsächlich den Chorus des Liedes. Obwohl er den Körper direkt an seinem spürte, welchen er so sehr begehrte, stand er damit alleine und musste seine Sehnsucht schmerzlich unterdrücken. „Only you and me" gab es nur auf platonischer Ebene.

Und als hätte Hendrick es auf ihn abgesehen, wagte er es, „I can't fight this feeling" von REO Speedwagon zu spielen. Obwohl nun fast alle Anwesenden diese tolle Rockballade mitsangen und sich ein unglaubliches „Wir-Gefühl" breit machte, fühlte Daniel Tränen in sich aufsteigen. Er entschuldigte sich kurz und lief zur Toilette. Das Spiegelbild starrte ihn verständnislos an. „Was willst du denn? Es ist alles genau so, wie du es wolltest. Oder nicht?"

Selbst hier konnte er Antons klare Stimme hören und seine Phrasierung strahlte sogar über das Original hinaus. Es zog Daniel förmlich in seinen Bann und als wäre er machtlos gegen seine eigene Motorik, gingen seine Füße zurück zum Tresen, zurück zu dem Mann, der das verbotene Verlangen in ihm auslöste. Ein neues Getränk stand schon für ihn bereit. Seine rechte Hand griff danach und bei einem Blick nach links fiel ihm ein dunkelhaariger Mann auf, der mit einer hübschen Frau in einer Seitennische saß.

Nur zu offensichtlich beobachteten sie ihn, obwohl sie ebenfalls mitsangen und wenn er es richtig hörte, sang dieser Typ bewusst tiefer, um Antons Gesang zu unterstützen. Die minzgrünen Augen wurden von einem schwarzen Kajalstrich unterstützt, an einem Lederband hing um dessen Hals ein machtvolles Wicca-Symbol. Ob dieser sich mit Liebeszauber auskannte?

Aber was machte er sich da vor? Selbst mit Magie konnte man keine echten Gefühle erwirken. Und wer sich auf ein Spiel mit dem Feuer einlässt, muss damit rechnen, sich zu verbrennen. „Beautiful lie" von 30 seconds 2 Mars setzte ein und aus einem inneren Impuls heraus, zog er sein Haarband heraus und ließ seine schulterlange Lockenpracht frei. Er feierte den Song gebührend und während er lautstark in Jared Letos Gesang einstieg, spürte er plötzlich, wie Anton in seine Haare griff, den schönen Kopf ganz nah zu sich zog und bevor er sich versah, berührten sich die Lippen.

Als wäre ein Knoten geplatzt, explodierte alles Unterdrückte und sie verloren sich in einem leidenschaftlichen Kuss, der alles um sie herum vergessen ließ. Sie nahmen nicht wahr, wie Nadja ihr Glas fallen ließ und es auf den Fliesen in tausend Stücke zerschellte, dass Hendrik frech das Lied „Friday I'm in love" von The Cure angemacht hatte und erst als Daniel sich zum Atmen kurzweilig von Anton löste registrierte er, dass der Typ mit der Hexenkette seine Augen wieder aufschlug und sein Gemurmel beendete. Dann hob dieser sein Glas und prostete ihm mit einem Augenzwinkern zu.

Blieb nur zu hoffen, dass der Zauber möglichst lange anhalten möge. Dankbar sank Daniel zurück in die Arme seines Liebsten.

Die Schwierigkeit, Aphrodite zu töten

Atrox zückte sein Schwert, als sie das riesige Höhlentor erreichten. Er sammelte seine Stärke, denn einen weiteren Patzer konnte er sich nicht leisten. Er hatte den Ring, der Götter töten kann, bereits im Kampf gegen die Schwester seiner Stiefmutter Medea eingesetzt. Diese stand in ihrem schwarzen Gewand neben ihm und er spürte, dass sie noch von ihrer Trauer überwältigt war.

Doch er hatte keine Wahl gehabt; er oder sie, und in dem Fall musste er sich einfach entscheiden. Die mächtige Medjai hatte bereits seine Mutter getötet und war davon gekommen, weil er nicht stark genug gewesen war. Ein zweites Mal konnte er ihr diese Flucht nicht erlauben. Und Medea hatte mit Engelszungen auf ihre kleine Schwester eingeredet, doch sie hielt an ihrem Plan fest.

Da halfen auch keine Zaubersprüche mehr, keine magischen Worte und Tinkturen. Das lange Kampfschwert bohrte sich im richtigen Moment durch den Stoff ihrer Kleidung und zerstörte das erkaltete Herz. So sollte es nun der Liebes-Göttin ebenfalls ergehen, doch Atrox zweifelte an seiner angesammelten Stärke. Würde es reichen, um eine Göttin zu töten?

Wenn doch nur seine Beraterin an seiner Seite gewesen wäre. Zwar hatte Medea ihm den Weg zur Tempelstätte gezeigt, doch er vertraute seiner Stiefmutter nicht. Diese Zauberin bedachte grundsätzlich ihren eigenen Vorteil und heckte im Geheimen immer noch etwas aus, von dem niemand ahnte. Daher genoss Atrox ihre Hilfe mit Vorsicht. „Dann lass uns mal hoffen, dass sich die gute Dame auch blicken lässt."

Medea verdrehte die Augen; dieser ständige Sarkasmus ging ihr sichtlich auf die Nerven. Wenn dieser junge Mann die Gunst seiner Familie bekommen wollte, würde es allmählich Zeit, die auferlegten Prüfungen zu bestehen, wenn er jemals beweisen wollte, dass er das Lexikon in sich trug. Mit langsamen Schritten gingen sie durch den Eingang hinein und obwohl es zuerst immer dunkler zu werden schien, sahen sie von weitem, dass im Inneren mehrere Lichtquellen eine wärmende Atmosphäre schufen.

Die lederne Rüstung scheuerte unangenehm an Atrox verschwitzter sonnengegerbter Haut. Was gäbe er nicht für ein entspannendes Bad, stattdessen pumpte sein Gladiatorherz unablässig das Blut durch seine Adern und das Adrenalin schärfte seine Sinne und fokussierten seinen Verstand auf die nun bevorstehende Aufgabe. Als sie dem steinernen Höhlenverlauf folgten, öffnete sich nach einiger Zeit der Raum und an einem mit Blumen bedeckten Altar stand eine Frau in einem wallenden leuchtend roten Gewand.

Atrox blickte zu Medea, die ihn wohlwollend ermutigte, zu tun, was getan werden musste. Er sollte die Liebe töten, so hatte es das Orakel von Gaia vorausgesagt. Nun war der Moment endlich gekommen. Das Schwert schlagfertig nach rechts abgesenkt, ging er vorsichtig auf sie zu. Aus irgendeinem Grund hatte sie sich noch nicht umgedreht. Von einer Göttin sollte man meinen, dass sie aufmerksamer war. Doch als nur ein knapper Meter zwischen beiden lag, fuhr sie plötzlich herum und erschrak.

„Atrox, was machst du hier? Das ist gefährlich." Er hielt in seinem Schlag inne und ließ verwundert seine Waffe herab sinken. „Was machst du hier, Pandora? Beinahe hätte ich die erschlagen. Wo ist Aphrodite? Hast du sie gesehen?" Die junge Frau lachte auf und strich ihm sanft über das maskuline Kinn: „Die Götter haben doch keinen Körper. Dies ist eine Gedenkstätte. Niemand hat jemals das Antlitz der Aphrodite gesehen."

Irritiert blickte der Krieger zu Medea: „Wozu dann diese Aufgabe? Wenn ich sie gar nicht töten kann." Die bezaubernde Königin kam näher heran, mit einem bösartigen Lächeln auf den Lippen: „Die Prophezeiung hat nie behauptet, du müsstest die Göttin selbst töten. Die Liebe sollst du hier töten. Und wenn Pandora deine Liebe darstellt, weißt du, was du zu tun hast." Er stolperte unsicher nach hinten: „Aber… ich weiß doch gar nicht, ob sie mich liebt. Aber ich werden sie auf keinen Fall umbringen. Niemals."

Die Stiefmutter warf ihr schwarzes Haar nach hinten; sie wurde ungeduldig und verstand dieses Zögerliche nicht. „Und, Orakel, liebst du ihn auch? Den Prinzen von Athen, zukünftiger König und Träger des Lexikons?"

Pandora errötete und schaute nachdenklich zu Boden. Dann hob sie den Kopf wieder und blickte direkt in Atrox Augen: „Zuerst war ich mir sicher, ich würde dich hassen. Doch je länger meine Gefangenschaft bei König Minos andauerte, verstärkte sich der Hass, von dir entfernt zu sein."

Atrox war von ihren ehrlichen Worten sichtlich gerührt, doch er sah die Verachtung in Medeas Augen. Vorsorglich stellte er sich vor das schöne Orakel und schon begann seine Stiefmutter einen bösartigen Monolog: „Das ist ja alles ganz reizend. Junge Liebe, so herrlich unschuldig! Und jetzt Schluss mit diesem Unsinn. Nimm dein Schwert und schlitze ihre Kehle auf. So schwer ist das nicht. Wenn ich deinen Vater Aegeus nicht noch brauchen würde, hätte ich ihm bereits vor Jahren das Gleiche angetan.

Nimm dir ein Beispiel an deinem Bruder. Lykos spielt, während wir hier zögern, seine Generäle gegeneinander aus, hat seine große Liebe längst in die Verbannung geschickt und wenn wir uns nicht beeilen, hat er den Thron bestiegen, bevor du auch nur ansatzweise deine Chance bekommen hast. Willst du denn das Rätsel das Lexikons nicht lösen? Wir könnten im Olymp neben den anderen Göttern sitzen, anstatt hier unser langweiliges tristes Leben fortzuführen."

Nun hatte Atrox endgültig genug. Er griff Pandoras Hand und zog sie an der Zauberin vorbei: „Nein, das will ich nicht. Ich wollte nur ein Zuhause, glücklich sein im Kreis der Familie. Wenn mir das verwehrt wird, dann muss ich damit leben." Wütend drehte sich Medea zu dem flüchtenden Pärchen um: „So einfach machst du es dir? Gibst einfach auf?" Er hörte die Wut in ihrer Stimme und beschleunigte seine Schritte. Pandora versuchte ihr Bestes, mitzuhalten, doch es fiel ihr sichtlich schwer. Als sie

über einen spitzen Stein stolperte, fiel sie unsanft auf ihre Knie. Atrox kam ihr zu Hilfe, doch Medea hatte die Zeit genutzt, um aufzuholen. Nur noch wenige Meter trennten sie von den beiden Verliebten. In ihrer Hand lang ein länglicher Dolch und ihrem Blick lag eine Entschlossenheit, die den jungen Mann frösteln ließ. Intuitiv griff er nach seinem eigenen Schwert, wartete auf den richtigen Moment und vollführte dann, eine 180 Grad Drehung von rechts nach links. Die metallisch glänzende Klinge schoss zischend durch die Luft und bevor Medea begriff, was geschah, flog ihr Kopf zur Seite und der grazile Körper sackte in sich zusammen.
Pandora zuckte schreiend zusammen: „Oh Gott, was hast du getan? Sie war die Frau des Königs. Du kannst froh sein, wenn Aegeus dich dafür nur ins Exil schickt. Bei seiner Impulsivität würde ich aber nicht damit rechnen." Atrox kam erleichtert auf sie zu. In seinen Augen lag eine innere Ruhe, die ihr Zuversicht gab: „Deine Prophezeiung war nicht sehr präzise. Du hast nicht gesagt, ich soll meine Liebste töten, sondern die

Liebe – in diesem Fall die meines Vaters."

Als sie die Höhle Arm in Arm verließen, liefen sie einem ungewissen Schicksal entgegen. Der Krieg der zwei Könige lag noch vor ihnen und zugehörig fühlten sie sich weder dem einen noch dem anderen. Diese Prüfung hatte er trotz der Umstände bestanden und die Chance, das Rätsel zu lösen, um die Riege der Götter aufzusteigen, bestand weiterhin. Und so lange sie zusammen waren, konnten sie alles schaffen. Atrox würde sein Orakel von Gaia mit all seinen Mitteln beschützen. Er dankte Aphrodite für ihre Gunst und küsste seine Pandora auf die Stirn.

Die erste Fähigkeit

Josh ging gerne an seine Grenzen. Sowohl mental als auch physisch. Er scheute keine Herausforderung und Probleme mussten einfach nur gelöst werden. Im Fitnesscenter trieb er seinen Körper über jegliches Limit, mit dem Ergebnis, dass niemand seinem stahlharten Muskeln widerstehen konnte. Die Literatur vermittelte ihm übermäßiges Wissen, sodass es unmöglich schien, eine Diskussion gegen ihn zu gewinnen. Er besaß grundsätzlich die besseren Argumente.

Doch an seinem achtzehnten Geburtstag geschah etwas merkwürdiges: Er wurde unsichtbar. Seine Freunde, Familie und Verwandten, alle hatten sich versammelt, um seine Volljährigkeit zu feiern. Alle warteten gespannt auf den Moment, in dem der Ehrengast zur Tür hereinkommen würde und sie alle aus ihren Verstecken springen konnten, nur um lautstark „Überraschung!" zu rufen. Hin und wieder schauten seine Eltern auf die Uhr und tauschten Blicke mit den Anwesenden auf, aber Josh tauchte nicht auf. Die Schule musste längst vorbei sein, der Bus war längst vorbei gefahren und es wurde allmählich anstrengend, in den engen Schlupfwinkeln auszuharren. Wo blieb er denn nur?

Als Josh nach einem anstrengenden Tag nach Hause kam, mitten im Sommer, in der Hitze der Mittagssonne, wunderte er sich, dass die Haustür nur angelehnt war. Vorsichtig schlüpfte er hindurch und war versucht, laut durch den Flur zu rufen. Vor kurzem hatte es aber mehrere Einbrüche in der Nachbarschaft gegeben, daher schlich er lieber möglichst lautlos durch den Gang und schaute vorsichtig in die Küche hinein.

Es wirkte, als wäre er ganz alleine. Erleichtert setzte er sich auf einen Hocker und warf seine Schultasche zur Seite. Wahrscheinlich hatte seine Schwester beim Gehen die Tür nicht richtig zugezogen. Das wäre nicht das erste Mal gewesen. Ein Blick zum großen Esstisch blieb erfolglos: keine Nachricht auf der gewachsten Holzfläche.

Im Wohnzimmer krabbelten die ersten Gäste

aus ihren Verstecken. Es würde ja doch keiner kommen. Weil Josh nichts von seiner Geburtstagsparty wusste, hatte er sich anscheinend anderweitig verplant. Seine Mutter checkte ihr Handy, doch es beinhaltete keine neuen Nachrichten. Nun gut, Essen und Getränke waren bereits organisiert und die geladenen Gäste anwesend – so sollte trotzdem gefeiert werden, auch ohne Geburtstagskind.

Josh hatte sich eine Cola aus dem Kühlschrank genommen und schmierte sich gerade ein Sandwich, als er plötzlich Musik hörte. Wo kam die auf einmal her? Auf jeden Fall nicht aus der Küche. Er rief laut: „Mom, Dad? Cassy?" Doch im Gedröhne der lauten Jazzmusik ging seine Stimme unter. Schnell legte er auf die Mayonnaise zwei Scheiben Putenbraten, klappte die andere Toastseite darüber und biss herzhaft hinein, um dann in den Flur zu gehen, in der Hoffnung, auf seine Familie zu treffen.

Noch kauend lief er den Flur hinunter und als die Musik am lautesten schien, öffnete er die Wohnzimmertür, bereit, ein völlig überraschtes Gesicht zu machen, doch obwohl der große Raum mit vielen Bekannten gefüllt war, registrierte ihn niemand. Es wurde geschnattert, gelacht, getanzt und gegessen. Josh freute sich, seinen Bekanntenkreis an diesem besonderen Tag um sich zu haben und gleichzeitig stellte er irritiert fest, dass er komplett überflüssig war. Und nicht nur das: obwohl er mitten im Raum stand, nahm ihn keiner wahr.

Das konnte doch nicht sein! „Hallo! Da bin ich!", rief er der Menschenmenge entgegen, doch niemand verstummte. Es drehte sich nicht einmal jemand nach ihm um. Allmählich wurde Josh sauer. Sie waren doch alle wegen ihm hier und nun beachtete ihn keiner? Er bahnte sich einen Weg zur Torte. Obwohl sein Sandwich weiterhin in der Küche auf ihn wartete, hätte er nichts gegen etwas Süßes, aber als er sich zum Buffet durchgekämpft hatte, sah er nur noch, wie das letzte Stück an seinen besten Kumpel weiter gereicht wurde.

„Das kann ich doch nicht essen! Sollten wir nicht zumindest ein bisschen für Josh aufheben?" Ha! Auf seine Freunde konnte er sich verlassen. Dachte er jedenfalls, bis Ben genüsslich seine Gabel in das leckere Backstück versenkte. Dabei stand Josh doch direkt neben ihn. Wütend knuffte er seinem Buddy in die Seite, wodurch dieser vor Schreck fast den Teller hätte fallen lassen. „Was war das?", fragte dieser nur.

Die umstehenden Gäste hatten es gesehen und verstummten nun doch irritiert. Schon vor ein paar Minuten hatten einige das Gefühl gehabt, als würde sie jemand anrempeln. Obwohl niemand zu sehen war. Ein leises Getuschel machte sich breit und Josh fragte sich, ob er aktiver werden sollte. Er ging näher an den langen Tisch heran, fand ein gut gefülltes Wasserglas und stupste es kräftig an. Wie zu erwarten, fiel es nach hinten hin um und verteilte die durchsichtige Flüssigkeit auf dem rotweißen Leinentuch.

Die umstehenden Leute sogen scharf die Luft ein und nun kamen seine Eltern näher an die beängstigende Situation heran. „Keine Angst. Es sind keine Geister im Haus. Wir betreiben keine schwarze Magie. Das war bestimmt nur eine Unebenheit in der Tischkante." Josh lachte auf und sah seiner Mutter ins Gesicht. Obwohl sie seine Stimme nicht hören konnte, bemerkte er ihre besorgte Miene im Gesicht. Sie glaubte doch wohl selbst nicht, was sie da gerade sagte.

Und da begriff Josh endlich und schaute an sich herab. Er konnte sich noch immer komplett sehen, doch anscheinend blieb er für die anderen unsichtbar.

Wenn das seine spezielle Fähigkeit sein sollte, die man bei Volljährigkeit bekam, dann würde er nun lernen müssen, diese Macht zu kontrollieren. Andernfalls würde dieser Geburtstag ziemlich sicher an ihm vorüber gehen.

Dunkelheit

In fünf Minuten klingelt mein Wecker. Meine innere Uhr sagt mir das und ich zähle die Sekunden mit. 57, 58, 59, 60. Noch vier Minuten. Mir graut es vor dem schrillen Piepton, der mich aus dem Bett treiben soll. Früher wachte ich gerne auf, bevor die Zeit gekommen war. Stolz auf mich selbst, sprang ich motiviert aus dem Bett und begrüßte den Tag.

Jetzt nicht mehr. Jetzt genoss ich jede Möglichkeit, einfach still dazuliegen, mit geschlossenen Augen in die Stille hineinzuhorchen und darauf zu warten, dass der Tag verging. Die Nacht ist mein Freund geworden, die Dunkelheit, die schwarze dunkle Umgebung, die alles in ein Nichts einhüllt. Wer braucht schon Licht und Farben? Dieser Ballast ist von meinen Schultern genommen worden.

Muss mir nicht mehr überlegen, ob meine Hose zum Shirt passt, oder die Schuhe zur Tasche. Diesen oberflächlichen Nichtigkeiten, die mir vorher etwas bedeuteten, gehören der Vergangenheit. Die Hier und Jetzt wirkt trivial, geradezu naiv einfach – und gleichzeitig so unglaublich schwer, dass ich nur noch schreien könnte.

Noch zwei Minuten. 3, 4, 5. Ich könnte auch jetzt schon aufstehen; es ist nicht wichtig, dass der Wecker klingelt. Vielleicht grenzt es schon an Masochismus, dass ich mir trotzdem dieses nervtötende Geräusch jeden Morgen antue. Vielleicht bedeutet dieses Klingeln auch das Ankommen in der Realität. Die Bestätigung, dass tatsächlich ein neuer Tag anbricht und ich mir das nicht nur einbilde. 57, 58, 59, 60. Nur noch eine Minute.

Die Kleidung liegt auf dem Stuhl vor dem Bett bereit. Die Pantoffeln stehen dort, wo sie immer stehen. Alles gestern schon bereit gelegt. Früher war ich gerne spontan, ließ mir meine Flexibilität nicht nehmen, lebte in den Tag hinein. Nun musste ich alles bis ins kleinste Detail planen. Könnte nicht einfach so irgendwas liegen lassen. Jedenfalls nicht, wenn ich es wiederfinden wollte.

Briiiiiing, briiiiiing, briiiiiing. Es ist so weit. Mit der rechten Hand, haue ich zur Seite, treffe präzise den Wecker auf meinem Nachtschrank und die Stille kehrt zurück. Nur widerwillig schlage ich die Bettdecke zurück. Die mich umhüllende Wärme verflüchtigt sich und lässt mich frösteln. Ich richte mich auf, benötige meine ganze Willenskraft dazu und spüre, wie sich das Blut neu im Körper verteilt. Meine Füße landen genau dort, wo die Hausschuhe bereits auf mich warten.

Mit einem kleinen Ruck erhebe ich mich und greife nach rechts zum Stuhl. Ich ziehe mich in der einzigen Reihenfolge an, die Sinn ergibt. Unterhose, Socken, T-Shirt, Hose, Pullover. Am Ende wieder die Pantoffeln. Erst dann kann ich zur Tür gehen. Ein Reflex von mir will immer das Licht einschalten. Es ist schwer, sich eine solche in Fleisch und Blut übergegangene Gewohnheit abzuschütteln. Der Flur ist lang und schmal, die alten Dielen knarzen; beim Durchqueren taste ich mich mit der linken Hand an der Wand entlang. Von der Küche dringt ein Stimmengewirr zu mir. Es ist erstaunlich, wie sich das Gehör verbessert. Alle Sinne sind geschärfter, seit mir dieser Eine genommen wurde, auf den ich mich viel zu sehr verlassen habe.

Ich atme noch einmal tief ein und aus. Wenn ich hineingehe, kann ich nicht mehr nur Ich sein. Eine zusätzliche Rolle wird mir dann zuteil. Der funktionierende Sohn, dem es gut geht, der nach vorne sieht, der sein neues Leben akzeptiert. Sie wollen nicht sehen, dass in mir etwas zerbrochen ist. Ich spüre ihre Blicke, die Erwartungshaltung, dass es mir langsam besser gehen muss.

Doch das tut es nicht. Ein Selbstmordattentäter in meinem Alter hat sich in die Luft gesprengt und ein daraus resultierender Splitter hat mir mein Augenlicht genommen – und da soll es mir besser gehen? Wir gingen zur selben Schule, fuhren mit dem selben Bus dorthin. Ich habe es nicht kommen sehen. Habe die Zeichen übersehen. Jetzt kann ich nicht mehr sehen. Der Weg in die Dunkelheit ist hart, diese fremde Welt ist keine, die ich je kennenlernen wollte. Und doch ist sie nun Teil meines Lebens. Er hat sein Ziel erreicht und ich muss mich mit den Konsequenzen arrangieren. Quäle mich durch den Tag, an einer speziellen Schule, mit neuen Leuten um mich herum, frage mich immer wieder, ob ich es hätte verhindern können.

Mit immer neuen Nachrichten wird mein Hass stärker, nur weiß ich gar nicht, wen ich hassen soll. Diejenigen, die mit ihren vernichtenden Aktionen etwas erreichen wollen oder diejenigen, die wegschauen, sich für die verwirrte Jugend nicht interessieren, denen alles egal ist.

Die Tage vergehen, ich finde mich allmählich besser zurecht, doch es bleibt die Frage nach dem shoulda, woulda, coulda. Gerade am Morgen, wenn sich der Dünkel in mir breit macht, meine Gedanken rasen, in einen destruktiven Strudel geraten. Dann kann ich nicht anders, als die Sekunden zu zählen, bis der Wecker den nächsten Tag ankündigt. 57, 58, 59, 60.

Proxima Centauri b

Absolute Finsternis hieß Arowana willkommen, als sie aus der mobilen Kapsel des Raumschiffs stieg. Obwohl sie einen wärmenden und schützenden Anzug trug, war sie auf die klirrende Kälte nicht gefasst gewesen. Die frostige Atmosphäre schlang sich um ihren athletischen Körper, als wolle er sie erdrücken.

Sie betätigte einen Knopf an ihrem Ärmel, der die Thermik im Inneren regulieren sollte. Innerhalb von Sekunden änderte sich die Temperatur und mit den ersten Schritten auf dem steinigen Exoplaneten vergaß sie die eisige Grundstimmung. Sie hatte bewusst das Licht ihres Transportmittels angelassen, um die pechschwarze Bodenschicht sichtbar werden zu lassen.

Wie sie schon vorab befürchtet hatte, gab es hier keine Pflanzen. Geröll und Steine, so weit das Auge reichte. Über das integrierte Mikrofon im Helm informierte sie Gurami darüber, dass die Chance, hier lebende Wesen vorzufinden, gegen Null ging. Sie ging weiter, setzte jeden Schritt bewusst, um nicht zu stolpern und kam zum Ende des Lichtkreises ihrer Kapsel.

Nun musste sie ihre Taschenlampe einschalten und der helle Schein, den sie über den roten Zwergstern wandern ließ, enthüllte eine Bergkette, die sich wie ein Schuppenmuster überlappte. Als sie den Lichtstrahl weiter nach rechts laufen ließ, war sie auf einmal sehr dankbar, auf diesem Plateau gelandet zu sein.

Aufgrund der Dunkelheit hatte sie das Gewässer, welches sich nur wenige Fuß von ihr befand, komplett übersehen. Wieso war hier überhaupt Wasser? Hatte ihr Analysegerät nicht vorhin Minusgrade angezeigt? Sie beugte sich vorsichtig hinunter, griff sich einen kleinen Stein und schmiss ihn mit Schwung nach vorne. Obwohl das entstehende Geräusch etwas dumpf klang, platschte der Brocken wie erwartet auf die Oberfläche und versank.

Sie berichtete Gurami davon und dieser schickte darauf einen speziellen Laserstrahl bis zum Grund des Sees. Eine Menge Daten konnte der Bordrechner daraus ersehen und schickte Arowana eine Reihe Bilder auf ihr Display, sodass sie die vielen Quellen erkannte, die vor sich hin blubberten und damit eine Menge heißer Energie mit angereichertem Schwefelwasserstoff in die kalte Flüssigkeit gaben. Deswegen bildete sich kein Eis.

Die Wissenschaftlerin erinnerte sich daran, dass auf der Erde einige Bakterienstämme in genau solch einer Atmosphäre gedeihen konnten. War es dann hier auch möglich? Sie lief eilig zur Kapsel zurück, denn an Bord hatte sie einige Behälter, um Proben verschiedener Größe aufnehmen zu können. Der Computer konnte ihr zwar die kleinen vulkanähnlich aussehenden Quellen zeigen, doch die winzigen Einzeller, die sich womöglich zu Zigtausenden im Wasser befanden, konnte er grafisch nicht darstellen.

Als sie schon fast die Tür erreicht hatte, ging plötzlich das große Licht aus. Arowana blieb verwundert stehen und schaltete ihre

Taschenlampe wieder ein, die sie bereits weggepackt hatte. Sie fragte Gurami, warum er den Scheinwerfer ausgemacht hatte, doch der konnte sich das nicht erklären. Seine Geräte zeigten an, dass alles funktionsfähig und im Betrieb war.

Von weitem vernahm sie ein leises Rascheln. Bisher hatte sie keine Geräusche von außen vernommen. Wo kam das auf einmal her? Sie wedelte mit ihrem Strahler hin und her, konnte aber nichts Auffälliges entdecken. Sie ging weiter auf den Eingang zu, denn richtig wohl fühlte sie sich hier draußen nun nicht mehr. Ihr neugieriger Entdeckerdrang lag im Clinch mit dem inneren Gefühl der Gefahr.

Beobachtete sie jemand? Oder etwas? Vielleicht war ihre Theorie ja falsch und es gab hier durchaus Leben in dieser kargen Vegetation. Sie riss die Tür auf, verschwand im Inneren und ließ die schwere Platte mit dem Knauf wieder zu fallen. Erleichtert atmete sie auf und als sie nach vorne zur Glasfront schaute, musste sie feststellen, dass der Außenstrahler wieder alles hell erleuchtete.

Sie bat Gurami, den Außenlautsprecher einzuschalten. Sie wollte sichergehen, dass sie sich das Rascheln nicht nur eingebildet hatte. Währenddessen suchte sie nach den Behältern, griff sich ein kleines Reagenzglas und eine größere Dose, in die ein Liter hineinpasste. Dann lauschten beide. Minuten vergingen, doch außer Stille war nichts zu hören.

Das kommt davon, wenn man vier Lichtjahre weit reist, dachte sie. Da spielt einem das Gehirn schon mal gerne Streiche. Sie legte ihre Bedenken ab und ging erneut nach draußen, um die Proben aus dem See zu holen. Sie ließ die Taschenlampe nun konsequent an, denn sie wollte sich nicht noch einmal auf das Außenlicht verlassen. Sie ging die gleiche Strecke wie zuvor, kam nun allerdings schneller voran, weil sie wusste, wie weit sie gehen musste, um das Ufer zu erreichen. Routiniert zog sie das Reagenzglas durchs Wasser und setzte einen dicht verschließenden Deckel darauf. Dann füllte sie das große Gefäß und als sie dieses verschloss, hörte sie wieder dieses Rascheln.

Vor Schreck hätte sie beinahe beide Behälter fallen gelassen. Wieder ließ sie den Lichtkreis herumwandern, tastete alles um sie herum ab, doch sie entdeckte nichts. Mit schnellen Schritten ging sie nun zur Kapsel zurück. Dann, auf einmal, im Augenwinkel, nahm sie eine Bewegung war. Etwas huschte von einem Stein zum nächsten. Was konnte das gewesen sein?

Vorsichtig ging sie nach links, in Richtung der wahrgenommenen Bewegung. Arowana hatte zwar nicht direkt gesehen, was sich dort versteckte, aber wenn ihre Sinne sich nicht getäuscht hatten, war es nicht allzu groß gewesen. Sie stellte kurzentschlossen die Behälter auf dem Boden ab. Irgendwie fühlte sie sich sicherer, wenn sie beide Hände frei hatte.

Gurami, der die Szene über seine Kamera verfolgte, riet ihr davon ab, näher heranzugehen. Sie ignorierte seine Warnung und ging Schritt für Schritt auf das Versteck zu. Bisher hatte sie keine weitere

Bewegung vernommen, also musste sich das Wesen weiterhin dort befinden. Sie war schon so nah herangekommen, dass sie den Stein problemlos berühren konnte. Gerade, als sie um die Ecke herum gehen wollte, raschelte es weiter rechts hinter ihr.

Blitzschnell drehte sie sich herum und sah nur, wie etwas Menschenähnliches an der Kapsel vorbeihuschte. Das konnte doch nicht sein! Okay, der Exoplanet besaß eine erdähnliche Atmosphäre, so gesehen wäre es theoretisch möglich, hier zu leben, aber allein durch die gebundene Rotation drehte sich der Stern nicht um sich selbst. Tag und Nacht gab es hier nicht. Es gab eine heiße, zur Sonne hin gerichtete Seite und eine eiskalte Seite, die mit ewiger Finsternis bestraft war.

Würden sich hier freiwillig Menschen niederlassen?

Sie fragte Gurami, was er auf den Monitoren gesehen hatte. Er schickte eine Momentaufnahme auf ihr Display. Sie verglich es mit ihrer faunischen Datenbank und tatsächlich bestätigte es sich. Hier befanden sich also mindestens zwei Menschen. Arowana ging nun mutiger auf das steinerne Versteck zu, doch zu ihrer Enttäuschung war es leer. Es musste entwischt sein, als sie sich umgedreht hatte.

Wieder ließ sie den Scheinwerfer wandern und als sie ein weiteres Rascheln vernahm, ging sie direkt darauf zu. Und endlich, bekam sie eines dieser Wesen leibhaftig zu sehen. Es war ein männliches Exemplar, ausgewachsen, ebenfalls in einem festen Anzug, der ihn vor den Witterungen schützte. In seinen braunen Augen sah sie Furcht. Hatte er etwa vor ihr Angst?

Dann fiel ihr ein, dass dieser Mann wahrscheinlich noch nie einem Imani begegnet war. Ihre Rasse existierte schon lange vor den Menschen, allerdings in einem anderen Sonnensystem. Arowana hatte viele Bücher über diese Primaten gelesen, doch es war das erste Mal, dass sie einem leibhaftig begegnete. Und nun fürchtete er sich vor ihr? So viele schreckliche Dinge hatte sie über deren Geschichte gelesen. Kriege, Atombomben, Umweltverschmutzung.

Sowas war auf ihrem Planeten unvorstellbar. Die Imani lebten friedlich miteinander, erforschten die umliegenden Welten, entwickelten ihre Techniken stetig voran. Den Drang zu Zerstören hatte sie nie verstanden. Sie ging auf die Knie, um sich mit dem Mann auf Augenhöhe zu treffen. Ihre orangefarbenen Augen sahen ihn lange an, versuchten in seinem Gesicht zu lesen. Offenbar verstand er ihr Signal, denn er hörte auf zu zittern, ging einen Schritt auf sie zu. Sie wollte zu gern mit ihm sprechen, doch als sie ein paar Worte sagte, merkte sie, dass er sie nicht verstand.

Plötzlich zückte er einen kleinen Gegenstand aus seiner Hosentasche und sie schrak etwas zurück. Es war gebogen, anscheinend aus schwarzem Kunststoff. Sie nahm an, dass er ihr das zeigen wollte, denn er hielt es direkt auf sie zu. Dann erklang auf einmal ein lauter Knall, dass von diesem Ding ausging und ein brennender Schmerz zog sich in ihrer Brust zusammen.

Gurami schrie in sein Mikro, sie sollte sofort zurückkommen. Diesen Wesen konnte man nicht trauen und als bereits die ersten Tropfen türkisfarbenen Blutes aus einer Wunde heraussickerten, knallte es erneut und Arowana sank zu Boden. Sie begriff allmählich, was hier geschah und ärgerte sich, dass sie nun nicht mehr herausfinden würde, ob es in dem See auf Proxima Centauri b Bakterien gab oder nicht.

Ein Spiel mit dem Feuer

Die ersten zwei Stunden waren langatmig vor sich hin geplätschert, sodass die Klassenkameraden wie Ameisen aus dem Berufsschulgebäude herausstürmten, um in den zwanzig Minuten der Pause so viele Sonnenstrahlen wie möglich zu erhaschen.

Schon beim Öffnen der schweren Glastür setzte Gil McGray seine schwarze Sonnenbrille auf, denn das helle Licht blendete seine empfindlichen hellblauen Augen. Wie üblich teilten sich die Schüler in kleinere Gruppen auf. Ein Teil machte sich auf, um sich in die langen Schlangen der Cafeteria einzureihen, während andere ihren Pausensnack bereits vorsorglich mitgebracht hatten und sich damit die besten Plätze der wenigen Sitzbänke sichern konnten.

Mit einem selbst kreierten Sandwich und einer kleinen Thermoskanne Tee gesellte Gil sich zur letzteren Gruppe. Die jungen Damen um ihn herum hatten sich bereits in wildes Geschnatter gestürzt und so zog er es vor, als stiller Beobachter die vielen Informationen aufzunehmen. Natürlich wurde dabei auch über die nicht anwesenden Mitschüler gesprochen.

„Dustins Art und Weise ist wirklich unerträglich!", klagte Clarissa lautstark und bemerkte gar nicht, dass ihr eigenes Verhalten den anderen mindestens genauso auf die Nerven ging. Ihre Stimme klang grundsätzlich ein wenig zu schrill und ihre Fragen waren so furchtbar unnötig, dass selbst Gil manchmal vergaß, Pazifist zu sein. „Der Junge kennt einfach keine Grenzen", sagte Leena und stand so dicht an Clarissa, dass diese unbewusst einen Schritt zurückging. Dabei verdrehte sie noch zusätzlich die Augen, als ihr Blick auf den asymmetrischen Schnitt von Leenas unmöglich gewellter Frisur fiel.

Die neue dunkelrote Färbung machte diese leider auch nicht besser. Sie wirkte dadurch eher wie eine Hexe aus dem mittelalterlichen Lehrbuch. Gil schmunzelte bei dem Gedanken. Er war sich ziemlich sicher, dass sie keine magischen Fähigkeiten besaß, ähnlich ihrer

Kochqualitäten. Diese Meinung behielt er aber lieber für sich. „Wo ist Kay eigentlich schon wieder? Der hat es auch nicht mehr nötig, zur Schule zu kommen", fragte Joanne scharfzüngig. Sie strich sich mit den Fingern durch den hellgrauen Longbop und fügte noch süffisant hinzu: „Ach, Diego ist ja auch nicht da. Dann wird das wohl kein Zufall sein." Die Mädels sogen scharf die Luft ein, während ihr Boyfriend Zeke fröhlich kicherte. Obwohl es im Laufe des Sommertages noch richtig heiß werden konnte, trug dieser konsequent schwarze Klamotten. Gil bewunderte dieses Durchhaltevermögen und wünschte sich, vor seinem Kleiderschrank nicht grundsätzlich verzweifeln zu müssen. Tausend Klamotten – und nichts anzuziehen. „Ist euch aufgefallen, dass Eddie sich in letzter Zeit immer seriöser kleidet? Wo sind seine schlabberigen Jogginghosen hin?" Zeke schaute zu seinem Kumpel und erwartete einen bissigen Kommentar, doch Gil biss sich auf die Zunge und räusperte sich nur. Stattdessen versuchte Leena eine Antwort darauf zu finden: „Vielleicht hat er endlich eine

Freundin gefunden, für die er attraktiv aussehen will." Wie immer hatte sie am Thema vorbeigeschossen. Aber sie konnte es nicht besser wissen.

Wenn es nach Eddie ging, würden die anderen auch in naher Zukunft keine Erklärung dafür finden. Aus seinem Privatleben machte er ein großes Geheimnis. Zeitweise hatte er, nur zum Vergnügen, das Gerücht in die Welt gesetzt, er hätte etwas mit einer Minderjährigen, nur um von der Realität abzulenken. Gil strich sein azurblaues T-Shirt glatt und rückte seine abgeschnittene cremefarbene Jeans zurecht, als er lächelnd in die Runde warf: „So, jetzt müsst ihr wohl aufhören zu lästern. Die anderen kommen wieder."

Nina hatte sich bisher komplett aus den Gesprächen heraus gehalten und stattdessen ihre Apfelstückchen verputzt, doch nun ließ sie doch einen Spruch fallen, als die Klasse wieder komplett war: „Ihr Azubis verdient einfach zu viel Geld. Wenn eure Chefs wüssten, dass ihr euer ganzes Gehalt nur für Brötchen und Kaffee ausgebt, würden sie euch sofort jeglichen Lohn streichen." Gil konnte sich ein Lachen nicht verkneifen. Als Umschülerin wie er musste sie so etwas ja sagen, schließlich verdienten sie verhältnismäßig weniger, obwohl sie beide die dreißig schon überschritten hatten. Dafür konnten sie sich das erste Lehrjahr sparen, was in Anbetracht des zu lernenden Stoffes nicht unbedingt vorteilhaft war.

Zu Ninas Missfallen reagierte Entoine auf ihren Kommentar: „Tja, nicht alle können sich allein von Bio-Obst ernähren. Außerdem esse ich gerne. Es setzt bei mir ja nicht an." Er schaute gehässig an ihren weiblichen Rundungen entlang, während sich Nina über sein dünnes Hühnerbrüstchen kicherte.

Es war dann Gareth, der die angespannte Situation auflockerte, in dem er Fotos von seiner neuesten kulinarischen Eigenkreation zeigte. Eine Butterkremtorte mit Chili-Schoko-Biskuitböden, mit Sauerkirschen bedeckt und einem Mon-Cheri-Topping garniert war.

Er genoss sichtlich die „Ooohs" und „Aaahs" und schon verloren sich die angehenden Köche in einem fruchtbaren Austausch ihrer letzten Küchen-Experimente. Die Leute drum herum vernahmen auf einmal Fachwörter wie Porterhouse-Steak, sautierten Schlosskartoffeln, Rucola-Espuma und ähnlich abgefahrenen Dingen.

So verging die Zeit wie im Flug und als es klingelte, seufzten alle enttäuscht auf. Die nächsten zwei Stunden würden mal wieder mit Mathematik drauf gehen; ein Fach, dass zwar elementar wichtig für Köche war, aber selten Spaß machte. Während alle nach einander sich zur Tür begaben, fiel es nicht auf, dass zwei der Klasse abbogen und einen anderen Eingang benutzten.

An der hinteren Ecke des L-förmigen Gebäudes war es bereits wesentlich ruhiger, weil aus einem unerfindlichen Grund die Schüler hier bereits früher zu ihren Klassen marschierten. Die beiden Weggeschlichenen wussten genau, dass sich Frau Krabowski immer erst noch gemütlich eine Tasse Kaffee in der Schulküche besorgte, bevor sie in den Unterricht ging. Deshalb erschien sie auch nie pünktlich. Genau diesen kurzen Moment nutzten sie – in einem Zwischenflur blieben sie stehen.

„Die anderen reden über dich."

„Ach ja, was sagen sie denn?"

„Ihnen fällt auf, dass du dich anders kleidest."

„Fuck, die sind so schrecklich oberflächlich."

„Das bist du zum Glück nicht. Du spielst nur gern mit dem Feuer."

„Vergiss nicht, wer das Feuer in mir entfacht hat."

„Wie könnte ich. Es hat mich fast zwei Jahre gekostet, um es auszulösen."

„Es brennt doch ganz erfolgreich, meinst du nicht?"

„Doch, ich bin mehr als zufrieden."

Beide lächeln und küssen sich leidenschaftlich. Eine starke männliche Hand streicht sanft über das azurblaue T-Shirt des anderen: „Geh du zuerst rein. Von mir ist sie es gewohnt, dass ich zu spät komme."

Das mögliche Ende einer jungen Ehe

Maia suchte verzweifelt ihre Geheimverstecke ab und hoffte inständig, ein paar Euros darin vergessen zu haben. Ihr fehlten noch genau 25 davon, um sich die Zutaten für den nächsten Trip leisten zu können. Ihre zitternden Händen machten ihr bewusst, dass der Entzug schon begonnen hatte. Nur noch wenige Stunden blieben ihr, bis ihr Verlangen nach dem Kick ihren Verstand vollkommen beherrschen würde.
Ihr Mann Cito sollte eigentlich längst von der Arbeit zurück sein. Seit zwei Stunden wartete sie bereits darauf, dass er mit dem Gehaltsscheck zurückkam. Doch er hatte nicht einmal angerufen. Sie machte sich große Sorgen. Nicht um ihn, um das Geld, dass er womöglich längst für sich selbst ausgegeben haben könnte.
Ihr dreijähriger Sohn Raùl spielte derweil sorglos in seinem Kinderzimmer. Er war es gewohnt, sich allein zu beschäftigen.
Die 23-jährige Mutter schaute fast panisch auf die Uhr und wischte sich eine blonde

Strähne aus dem Gesicht. Es war bereits 19:00 Uhr durch.

„Wo bleibt er nur? Ich werd' noch wahnsinnig!" Sie lief wie ein angestochener Tiger durch das kleine Wohnzimmer und ging in ihrem Kopf alle Möglichkeiten durch.

Als sie mit dem ganzen Körper bäuchlings auf dem Boden lag und die Unterseite des Sofas abtastete, hörte sie seine Schlüssel ins Türschloss fahren. Wie der Blitz, stand sie kerzengerade und stellte sich trippelnd neben die Tür.

Cito hatte gerade erst den Knauf umgedreht, als Maia schon mit einem heftigen Ruck der linken Hand die Tür aufriss. Die Wucht, mit der es geschah, hätte ihn fast zu Boden geworfen. Er schwankte bedächtig. Seine Stirn legte sich in Falten, um das Geschehene zu verarbeiten. Sie ließ ihm dazu keine Gelegenheit:

„Hast du das Geld? Und wo warst du so lange? Hast du getrunken?" Er versuchte, zum Sofa zu gehen, aber es wurde mehr ein Strumpeln. Das hellgraue Sofa war schon in Reichweite, als Maia in schroff herumdrehte:

„Nun sag' schon! Wo ist der Scheck? Was hast du damit gemacht?" Er schüttelte ihre Hand mit einer erstaunlich eleganten Bewegung ab und ließ sich nach hinten fallen, sodass er weich und gemütlich auf den Sofakissen landete. Lallend versuchte er zu antworten:

„Den Scheck... hab ich eingelöst. Das ist wohl der letzte. Dann war ich g'rad noch ein wenig feiern." Die junge Mutter strich sich erneut die Haare nach hinten und versuchte, ruhig zu bleiben:

„Was meinst du mit der letzte? Sag' mir bitte nicht, dass du gefeuert wurdest." Maia begann erneut zu tigern:

„Wir haben ein kleines Kind, falls du das vergessen hast! Wir müssen ihm und uns essen kaufen können. Direkt morgen suchst du dir einen neuen Job." Damit drehte sie sich herum, lief in die schmale Küche und schenkte ihm eine Tasse Kaffee ein. Mit einem lauten Knall stellte sie die rote Tasse auf den viereckigen Couchtisch. „Trink' das, damit du wieder klar im Kopf wirst." Angewidert starrte er auf die Tasse. Mit zusammengekniffenen Augen starrte er in ihr Gesicht:

„Ich geb' dir das Geld nicht. Du kannst dir deine Trips selbst finanzieren." Das Wort „Trips" spuckte er ihr förmlich ins Gesicht. Cito konnte ihre aufsteigende Panik förmlich riechen. Er genoss es, sie leiden zu sehen. „Warum soll eigentlich ich immer arbeiten gehen? Zur Abwechslung kannst du dir ja 'nen Job suchen." Er brauchte den Kaffee gar nicht. Allein durch den Streit schoss Adrenalin durch seine Adern und ernüchterte ihn. Er hatte es satt, immer der Bösewicht zu sein. Dabei vernachlässigte sie das gemeinsames Kind und verschleuderte mit ihrer Drogensucht über die Hälfte seines Gehalts. Von ihr angewidert, stand er auf und wollte an ihr vorbeigehen. Sie stellte sich ihm in den Weg:

„Du gibst mir jetzt auf der Stelle das Geld! Ich brauche es!" Nun hörte sie sich tatsächlich wie ein Junkie an. Er fühlte einen Anflug von Mitleid, der aber genauso schnell wieder verschwunden war.

„Ich setz' dich jetzt auf Entzug. Vielleicht wirst du dann endlich wieder richtig im

Kopf!" Er ging zum Kinderzimmer und öffnete die Tür. Raùl drehte seinen dunklen Lockenkopf und sagte dann freudestrahlend: „Papa!" Mit schnellen Schritten war er bei seinem Vater angekommen und Cito hob ihn zu sich hoch. Er drückte ihn fest an sich und wendete sich dann wieder seiner Frau zu:
„Ich nehme ihn jetzt mit zu meiner Mutter. In der Zeit kannst du dir überlegen, was du machen willst. Aber eines sag' ich dir: solange du weiter Drogen nimmst, verweiger' ich dir den Kontakt." Verzweifelt hob sie die Arme und versuchte, beide zu umarmen. Tränen rannen ihr über die verschwitzten, blassen Wangen:
„Das kannst du mir doch nicht antun! Raùl ist mein Leben. Bitte nimm ihn mir nicht weg! Ich flehe dich an!" Cito lachte laut und löste sich mit einem Ruck aus ihrer Umklammerung. Ohne weiter zu fackeln, ging er, mit dem Jungen auf dem Arm, zur Wohnungstür und schnappte sich seine Jacke und den Schlüssel. Ein letztes Mal drehte er sich zu seiner Frau um und sagte leise:
„Wenn du den Entzug machst, überleg' ich

mir, ob ich zurückkomme." Dann fiel die Tür ins Schloss. Und Maia war allein.

Der Chat

Mario Brandt suchte nach Ablenkung. Noch total aufgewühlt und verstört vom gerade Gesehenen öffnete er seinen schwarzen Laptop und trug ihn zum großen grünen Sofa. Er hatte gerade erst das dritte Staffelfinale von *Vampire diaries* beendet. Der hellblonde Ostfriese schaute gern mehrere Episoden hintereinander weg. Doch fiel es ihm danach schwer, die vielen Informationen richtig zu verarbeiten. Während das Betriebssystem hochfuhr, holte er sich noch ein kühles Bier aus dem Kühlschrank. Er stellte die Flasche auf den flachen schwarzen Couchtisch und machte es sich auf der Längsseite des Sofas gemütlich.

Mit seinem Lieblingsbrowser öffnete der gutaussehende Hüne sein liebstes Chatportal www.gay.de und schon erstrahlte sein Bildschirm im gewohnten orangefarbenen Glanz. Im linken Register klickte er auf 'Videochat'. In Sekunden öffnete sich eine weitere Seite und gab eine ganze Liste von

Chatrooms preis. Wie üblich wählte Mario den Raum *Nachtaktiv*, in dem sich die meisten Chatter tummelten. Zurzeit waren 61 Männer eingeloggt. Es war erst halb elf; es würden eindeutig noch mehr werden. Mit konzentrierter Sorgfalt ging er die Reihen der Anwesenden durch. Die üblichen Verdächtigen schienen schon in Gesprächen verstrickt, wie ein kleiner roter Punkt oben rechts über dem Nickname anzeigte.

Beim Überfliegen fiel ihm ein Name auf, bei dem als Ort *Norden* angezeigt wurde. Mario wohnte auch in dieser kleinen Stadt. Solche Zufälle waren hier eher selten und konnten eindeutig als Nadel im Heuhaufen bezeichnet werden. Ein Klick auf den Namen genügte, um dessen Profil aufzurufen. So erfuhr er, dass *Lestat423* schwul, 23 Jahre alt und 184 cm groß war. Außerdem hatte er Südländer, Nichtraucher, fast schwarze Augen, 2 Tätowierungen und als Status 'Beziehungsuchend' angegeben.

Für Mario Grund genug, einen sogenannten *1-zu-1-Chat* aufzurufen. Das kleine, weiße, viereckige Fenster poppte auf und mit flinken Bewegungen tippte er „Hey" und drückte die Eingabetaste. Weil es häufig länger dauern konnte, bis er einen geeigneten Chatpartner gefunden hatte, schrieb er anfangs nie mehr, als „Hey" - alles andere wäre verschwendete Energie gewesen.

Er trank noch etwas und er hatte seine Bierflasche noch nicht wieder abgesetzt, als er ein zweites „Hey" in seinem Dialogfenster entdeckte. Nun schlug sein Herz ein wenig schneller, denn von seiner nächsten Zeile hing nun ab, ob ein fruchtendes Gespräch zustande kommen würde, oder nicht. Viel Zeit blieb ihm auch nicht, denn die Toleranzgrenze beim Warten war hier nicht sehr hoch. Mario beschloss, eine witzige und leicht provozierende Message zu schicken:

„Ich wusste gar nicht, dass es Vampire in Norden gibt. Wohnst du direkt in der Stadt?"

Er hoffte innigst, dass derjenige auf der anderen Seite tatsächlich „Interview mit einem Vampir" gelesen oder gesehen hatte. Er wurde nicht enttäuscht:

„Natürlich gibt es Vampire in Norden. Ich,

zum Beispiel, wohne im Neuen Weg, schräg gegenüber dem Hotel *Reichshof*. Wo wohnst du?"

Neuer Weg, so hieß die Fußgängerzone der Küstenstadt und Mario war verwundert, denn er selbst wohnte nicht weit entfernt davon. Er schrieb:

„Ich wohne im Synagogenweg. Wir wohnen also nicht einmal fünf Minuten Fußweg auseinander. Unfassbar."

Mit dem Absenden fing das Warten wieder an. Mario fragte sich, ob er diesem Unbekannten schon begegnet war. Er klickte erneut auf dessen Profil, aber es war keine Bildergalerie angelegt.

Der weiße Dialogkasten zeigte ein neue Message an:

„Ob wir uns kennen? Wir könnten in den Videochat gehen und das herausfinden. Was meinst du?"

In Marios Kopf fing es an zu rattern: „Ist es hier aufgeräumt? Was hab ich an? Kann ich die Bierflasche stehen lassen? Liegen meine Haare richtig?" Nachdem er alle Fragen mit „Ja" beantworten konnte, entspannte er sich

und schrieb seinem Gegenüber: „Klar, gerne."
Der Wechsel gestaltete sich einfach. *Lestat423* schickte ihm eine Anfrage für den Videochat, *MarioHunk* nahm an und es öffnete sich ein weiteres oranges Fenster. Im oberen Teil zeigte sich zwei zehn mal zehn Zentimeter große Fenster. Links befand sich nun das Bild von Mario, rechts erschien ein ebenmäßig geschnittenes Gesicht mit leicht olivfarben schimmernder Haut und einem aufmerksam scharfen Blick in den Augen. Ganz offen sagte er:

„Hi, ich bin Ben. Schön, dich kennenzulernen."

Schon bei diesen ersten Worten lief Mario ein Schauer über den Rücken. Noch nie hatte er eine so klare, elektrisierende und wohl temperierte Stimme gehört. Ihm fehlten die Worte und so sprach Ben einfach weiter:

„Tatsächlich bin ich mir sicher, dich noch nicht gesehen zu haben. Du wärst mir bestimmt aufgefallen."

Ein süffisantes Grinsen gab dem klar geschnittenen Gesicht eine weichere Kontur und nahm Mario damit die Unbefangenheit:

„Ich hab dich auch noch nie gesehen, denk ich. Merkwürdig, oder? In so einer kleinen Stadt unerkannt zu bleiben."

Mario fiel auf, dass er bei Ben nicht eine Sekunde lang das Gefühl hegte, einen Vampir vor sich zu haben. Während Ben ihn genauer zu betrachten schien, redete Mario weiter:

„Warum eigentlich grad als Nickname Lestat? Ich hab grad die Serie Vampire diaries zuende gesehen. Meiner Meinung nach hat Smith diese Wesen viel besser getroffen, als die Rice damals."

Der attraktive Ben mit den tiefschwarzen, kurz geschnittenen Haaren warf den Kopf zur Seite und in seinem dunklen Augen spiegelte sich reine Belustigung wieder, als er sagte:

„Kein Wunder. Das könnte daran liegen, dass Lisa Smith selbst ein Vampir ist. Wer könnte besser über uns schreiben?"

Mario dachte kurz darüber nach, und stimmte ihm mit einem Nicken zu. Er wollte das Spiel mitspielen. Er fragte keck: „Kennst du sie persönlich? Sind ihre Bücher denn rein fiktiv oder ist etwas dran an ihrer Geschichte?"

Ben warf den Kopf in den Nacken, als würde er tatsächlich darüber nachdenken, wann er die Autorin das letzte Mal gesehen hatte. Als er sich wieder der Webcam zuwendete, sagte er:

„Das müsste schon über 50 Jahre her sein. Damals wohnten ich und meine zwei Brüder, Marc und Roark, in einer Villa in Kalifornien. Ich glaube, Marc und sie hatten eine flüchtige Affäre."

Ben ließ diese Information kurz sacken, bevor er weiter redete:

„Ja, die Geschichte der Bücher ist zum Großteil korrekt. Für die Serie haben sie aus dramatischen Gründen einiges umgeschrieben. Sowohl Klaus als auch Tyler sind damals beide gestorben. Den Zauberspruch, um Seelen zu transportieren, haben sich die Drehbuchautoren ausgedacht."

Ein mitreißendes, frisches Lachen durchzuckte Ben. Und auch Mario musste Schmunzeln. Er hatte sich sowas schon gedacht.

Mittlerweile war er sich nicht mehr sicher, wo das alles hinführen würde. Zu schnell und zu sicher präsentierte Ben die Antworten. Und obwohl Mario schon seit Jahren auf der Suche nach Vampiren war, hatte er nie einen Anhaltspunkt gefunden, dass es sie tatsächlich gab. Er musste ihn testen. Herausfinden, was er war.

„Ben, wenn du wirklich ein Vampir bist, kannst du mir ja einmal deine Zähne präsentieren."

Ein amüsiertes Kichern durchfuhr Bens gestähltem Körper: „Du glaubst mir nicht. Nun, das kann ich ändern. Wenn du darauf bestehst. Du kannst auch vorbeikommen, falls du meiner Webcam nicht vertraust."

Ein Lachen schüttelte den hübschen Südländer. Mario lachte ebenfalls, besann sich dann aber wieder:

„Ich vertraue deiner Webcam." Was er dann zu sehen bekam, sollte sein Leben für immer verändern.

Was ein Vormittag verändern kann

Auch nach zwei Wochen war Wyatt immer noch wütend. Mit voller Wucht schlug er seine Schließfachtür zu, packte seine Bücher fester unter den rechten Arm und stürmte den Flur entlang, um noch rechtzeitig zum Unterricht zu gelangen. Dabei übersah er, dass jemand orientierungslos in seine Richtung lief und nicht auf ihn achtete. Schwungvoll knallten sie ineinander, sodass Wyatts Bücherstapel auf den Boden fiel und der andere Schüler ihn mit beiden Armen packen musste, damit er nicht ebenfalls stürzte.

„Gerade erst angekommen und schon fällt mir ein hübscher Kerl in die Arme. Wenn das kein guter Morgen ist!", lachte der blonde Hüne und half Wyatt, die Bücher aufzusammeln.

„Entschuldige. Ich sollte besser aufpassen, wo ich hinrenne", erwiderte Wyatt, wobei er sich anstrengte, dem anderen nicht in die Augen zu sehen.

„Solange du immer in meine Arme rennst, werde ich mich nicht beklagen", grinste der

Neuankömmling mit stechenden blauen Augen und die dabei entstehenden Grübchen wirkten entwaffnend. Wyatt errötete und ärgerte sich darüber: „Ich kenne dich nicht. Bist du neu an der Schule?" Er rückte sein Schulmaterial zurecht und streckte die Hand hin: „Meine Name ist Wyatt Birkin. Wie heißt du?" Mit festem Druck ergriff sein Gegenüber die Hand und antwortete: „Ich bin Clay Williams. Freut mich dich kennenzulernen. Du weißt nicht zufällig, wo der Raum von Mrs. Steinhower ist, oder?" Wyatt schaute auf die Uhr und blickte antwortend wieder auf: „Dort drüben. Ich selbst sollte auch schon seit fünf Minuten dort sein. Komm schnell!" Er zog die immer noch gegriffene Hand mit sich und rannte auf eine Klassentür der rechten Seite zu.

Die Englischlehrerin gestaltete den Unterricht interessant genug, sodass Clay freiwillig zuhörte, es blieb ihm aber noch Zeit genug für ein paar neue Zeichnungen in seinem Block. Mit geschickt geführten Linien bildete sich in kürzester Zeit ein akkurat geschnittenes Hemd ab. Ohne, dass es der

Lehrerin auffiel, beobachtete Wyatt das Entstehen des Designs und kam nicht umhin, den Neuankömmling in der Mittagspause darauf anzusprechen: „Der Entwurf ist unglaublich toll. Wo hast du das gelernt?" Clay lächelte: „Eine angeborene Gabe. Ich konnte schon als kleines Kind sehr gut zeichnen. Soll ich dir das Hemd fertig machen? Es würde dir hervorragend stehen." Wyatts Wangen fingen erneut Feuer und er wandte den Blick ab, bereute dies allerdings sofort. Seine Exfreundin Claire ging gerade mit ihrem neuen Lover an ihnen vorbei und lachte nur allzu glücklich, sodass die Wut in Wyatt erneut aufflackerte und seine Faust den Holztisch erbeben ließ.

„Du solltest ihr keine Träne hinterher gießen. Schließlich hast du jetzt mich!" Clay schaute in das schöne Gesicht und erntete böse Blicke: „Lass das Flirten! Ich werde dich nicht an meine Jeans lassen." Wyatt versuchte sich männlich aufzubauen, erntete aber nur noch mehr Hohn:

„Das sagen die Männer alle, bevor sie sich plötzlich an *meiner* Hose vergreifen." Der smarte Brünette lachte laut auf und seine ganze Wut verflog. Er merkte, dass ihm die Anwesenheit des kessen Clay guttat. „Woher kommt eigentlich der britische Akzent?", fragte Wyatt neugierig. Der blonde Beau setzte sich aufrechter hin und seufzte: „Ich bin in London geboren und lebte mit meinen Eltern dort bis zu meinem sechsten Lebensjahr. Mein Dad arbeitet in einer Firma für Ernährungsforschung und kümmert sich um die Entwicklung immer besserer Labore. Deshalb zogen wir für fünf Jahre von London nach Paris. Und von dort nach Chicago, wo bisher mein Zuhause war. Doch nun muss er hier in L.A. eine Filiale leiten und zum neuen Durchbruch verhelfen. Ich hoffe sehr, dass ich hier meinen Abschluss machen kann. Mir gefällt das warme Klima hier und die Leute scheinen hier insgesamt viel lockerer zu sein." Während dieser kurzen Erläuterung aß Wyatt das meiste seines Truthahn-Sandwiches und wurde immer neugieriger auf diesen neuen Menschen in seinem Leben.

„Das erklärt, warum es dir so leicht fällt, neue Kontakte aufzubauen. Wer so viel umgezogen ist, braucht so eine Fähigkeit." Clays kobaltblaue Augen leuchteten, doch leider wurde ihr Gespräch vom Klingeln zum Unterricht je unterbrochen. Die nächsten zwei Stunden verbrachten sie in unterschiedlichen Klassenräumen, doch schon in der nächsten Pause trafen sie erneut aufeinander.

Diesmal setzten sie sich unter einen alten Baum, denn die Sonne stand jetzt hoch und der Schatten hielt die Hitze im Zaum. Clay zeigte Wyatt seine neuesten Zeichnungen: er hatte im Geschichtsunterricht eine Schultasche kreiert – mit abgefahrenem dunklen Paisley-Muster und knallrotem Reißverschluss. Außerdem brachte er eine Zeichnung mit, wie die beiden in der vorigen Pause zusammensaßen. Wyatt lächelte gerührt und verkniff sich, sein übliches Fragespiel durchzuführen: „Bist du ein Roboter oder ein Alien?"

Clay musste ein Alien sein; unangepasst in der stumpfen Gesellschaft lief er nicht mit der Masse. Dieser charismatische Schwule interessierte ihn, doch bevor er weiter darüber nachdenken konnte, fragte Clay: „Ich muss mich bei dir bedanken." Wyatt rückte näher: „Bedanken wofür?"

„Dass du mich ohne Vorbehalte durch den ersten Schultag geschleift hast. So unverschämt, wie ich dir entgegentrat, ist das keine Selbstverständlichkeit." Dem athletischen Schlaumeier gefiel diese spontane analytische Selbstreflektion. Er dachte kurz darüber nach und sagte dann: „In der Beziehung mit Claire zog ich die Fäden, wenn auch nicht am Ende. Aber ich kann mich an keine Szene erinnern, in der ich errötet bin. Es imponiert mir vielleicht, dass dir das so leicht gelingt, auch wenn ich nicht weiß, wieso." Clay rückte etwas näher und Wyatt blieb, wo er war, sodass der kesse charmante Ausdruck in Clays Gesicht zurückkehrte: „Ich werde dir später das Hemd zurechtmachen und wehe, du hast es morgen nicht zur Schule an! Du wirst zum Anbeißen darin aussehen." Wyatt errötete sofort und blickte nach unten, musste aber lächeln. Nur eine Handbreite trennte ihre beider Lippen, als er wieder hochschaute und die

Spannung knisterte spürbar; nicht einmal Wyatt konnte diese Intensität leugnen. Er bemerkte, dass Clay den Atem anhielt und sein eigenes Herz immer schneller schlug. Ehe er wusste, was er tat, sprang er auf seine Füße und rannte davon. Clay rief ihm hinterher: „Warte! Es ist doch nichts passiert!" Aber es war zu spät.

Mit dem Klingeln ging er alleine zur Klasse und ohne der Lehrkraft zuzuhören, überstand er den Rest des Schultages.

Wieder zu Hause, schloss er sich in sein Zimmer ein und nutzte seine Fertigkeit, das Hemd herzustellen. Auf dem Dachboden fand er eine passende Schachtel und legte das Designerstück sorgfältig gefaltet hinein. Er schrieb einen kurzen handgeschriebenen Brief und legte ihn hinzu. Mit wenigen Handgriffen fand er Wyatts Adresse heraus.

Er klemmte sich das Paket unter den Arm und lief die wenigen Kilometer zu Fuß. Er machte sich schreckliche Vorwürfe, weil er diesen netten Kerl mit seiner Art so sehr verschreckt hatte. Nach nur zwanzig Minuten Fußmarsch stand er vor dem Haus der Birkins und klopfte an die Tür. Eine junggebliebene Brünette um die vierzig öffnete die Tür und fragte, was er wollte. „Guten Tag, Mrs. Birkin. Mein Name ist Clay Williams. Ich lernte ihren Sohn heute in der Schule kennen. Können Sie ihm diese Schachtel geben?" Die Mutter schien irritiert: „Aber Wyatt ist zu Hause. Gib sie ihm doch selbst!" Clay winkte ab: „Das ist keine gute Idee. Ich muss auch gleich weiter. Vielleicht sagen sie ihm noch, es tut mir Leid." Mit einem bittenden Blick drehte er sich um und ging in die Richtung, aus der er kam. Mrs. Birkin rief mit dem Schließen der Tür direkt zur Treppe: „Wyatt, kommst du bitte mal herunter!" Sie lief zur Küche und setzte Teewasser auf. Ihr Sohn ließ nicht lange auf sich warten und fragte: „Mom, was ist los?" Mit einer pathetischen Geste schob sie das flache Paket zu ihm herüber und sagte: „Das wurde gerade für dich abgegeben. Ich soll dir sagen: Es tut ihm Leid." Ihre Lippen verzogen sich zu einem hämischen Grinsen, doch er beachtete es gar nicht, sondern öffnete die Schachtel. Auf dem wunderschönen Hemd lag ein kurzer Brief: „Ich mag dich, das gebe ich zu. Aber ich hatte nicht vor, etwas zu tun. Glaub mir das, bitte! Hoffe, dich morgen zu sehen – in dem Hemd natürlich! ;)"

Wyatt zog den wunderbar verarbeiteten Stoff aus der Transportbox und zog ihn über; das Hemd passte, wie angegossen. Er blickte seine Mutter an und sagte: „Ich denke, wir müssen reden." Sein Herz schlug wie verrückt und das Leuchten in seinen Augen verriet der Mutter, was sie bereits vermutet hatte: „Also von Claire zu Clay, ja? Wenn das keine Entwicklung ist..." Beide lachten einstimmig und tranken Tee. Am nächsten Morgen trug Wyatt das Hemd und ging mit Stolz zur Schule.

Nachwort/Danksagung

Als ich das die erste Anthologie mit den Männergeschichten herausgebracht habe, gab es zwar den Gedanken, irgendwann einen Nachfolger hinterher zu schieben. Das es so schnell gehen würde, hatte ich allerdings nicht gedacht.

Im Laufe des letzten Jahres war ich mit der Norder Schreibwerkstatt so produktiv, das mit jeder neuen Lesung wieder eine Unmenge an neuen Texten entstand. Die Auswahl der Texte erwies sich damit als einfach.

An dieser Stelle danke ich mehreren Leuten für ihr stetes Interesse an meinen Texten und vor allem dafür, dass sie mir ehrlich ihre Meinung dazu sagen: Biggi A. Sarah M., Claudia C und Björn L. und Christin K.

Ich danke natürlich auch meinen Fans, die mir positives Feedback geben und immer wieder bestätigen, dass meine Art zu schreiben spannend ist und hoffentlich auch bleibt.

Ganz besonders danke ich meiner Familie für

die viele Unterstützung, für das Erscheinen bei Lesungen und die gute Mundpropaganda, die sie betreiben. ;-)

Ich bin mit ziemlich sicher, dass der eine oder andere bei so mancher Geschichte mehr als schockiert ist. Das ist gut so. Das ist auch gewollt. In unserer heutigen Alltags-Welt passiert so viel, werden wir mit einem steten Informationsfluss bombardiert und mit rasender Geschwindigkeit verändert sich unsere Art zu kommunizieren, unser Kauf-Verhalten, das System in dem wir leben.

Ich denke, dass meine Textauswahl ein breites Spektrum unserer Welt widerspiegelt. Schwul oder nicht schwul ist dabei gar nicht wichtig. Ich betone hier noch einmal, dass diese Anthologie nicht zwingend FÜR Männer, sondern eher ÜBER Männer ist. ;-)

Torsten Ideus

Bisher über www.bod.de erschienen:

→ **Männergeschichten: Kurzgeschichten voller Testosteron**
ISBN: 978-3-741265-37-2

→ **Im Bann der Engel** (Coming-of-Age-Roman)
ISBN: 978-3-741252-82-2

→ **Im Innern meiner Seele: Ein Liederbuch**
ISBN: 978-3-741276-98-9

→ **Anonym: Ein Ostfriesland-Krimi** (der Start der Masbaum-Trilogie)
ISBN: 978-3-741279-33-1

Im Eigenverlag erschien:

→ **Liebes Tagebuch… - Ein Potpourri der Gefühle** (Anthologie)

weitere Informationen finden Sie unter
www.toshisworld.blogspot.com